# 请你
# 以雪的温暖
# 呼唤我

QINGNI
YI XUE DE WENNUAN
HUHUAN WO

李鸿鹄　著

北方文艺出版社
·哈尔滨·

图书在版编目（CIP）数据

请你以雪的温暖呼唤我 / 李鸿鹄著. -- 哈尔滨：北方文艺出版社, 2025.1. -- ISBN 978-7-5317-6472-4

Ⅰ．I227

中国国家版本馆CIP数据核字第202478ZR98号

### 请你以雪的温暖呼唤我
QINGNI YI XUE DE WENNUAN HUHUAN WO

| 作　　者 / 李鸿鹄 | 总 策 划 / 王思宇 |
|---|---|
| 责任编辑 / 富翔强 | 产品经理 / 聂　晶 |
| 封面设计 / 王珍珍 | 版式设计 / 段莉莉 |

| 出版发行 / 北方文艺出版社 | 邮　　编 / 150008 |
|---|---|
| 发行电话 / （0451）86825533 | 经　　销 / 新华书店 |
| 地　　址 / 哈尔滨市南岗区宣庆小区1号楼 | 网　　址 / www.bfwy.com |
| 印　　刷 / 湖北金港彩印有限公司 | 开　　本 / 710×1000　1/16 |
| 字　　数 / 30千 | 印　　张 / 20 |
| 版　　次 / 2025年1月第1版 | 印　　次 / 2025年1月第1次印刷 |
| 书　　号 / ISBN 978-7-5317-6472-4 | 定　　价 / 98.00元 |

## 作者简介

李鸿鹄，毕业于中南政法学院（今中南财经政法大学）法律系，曾在广东省高级人民法院长期从事民商事审判工作。现为广东连越律师事务所创始合伙人、专职律师。著有诗集《想暖暖而已》《美丽的河》等。

# 前言
## 水面上漂浮的话语

我梦见一群白色的鸟，从巍巍的山岩穿过，栖息于树枝。醒来后，想象这群鸟在自己的身体上不断觅食。因为过于迷幻，它们的眼睛慢慢打开，成为我内心深处明亮的光。

相较于语言的繁花似锦，写诗是我生命中最为简朴的事儿。虽然诗歌不是我活着的全部，但因为对它葆有恒久的热爱，我能更紧密地拥抱生活，从而为自己铺设一条沉寂的铁轨，让灵魂自由疾驰。

我的生活比较纯粹，没有太多杂乱无章的东西。写诗能强化内心趋向纯净，让自己从慌乱走向平和，陡峭的欲望随之变得平坦。本真和纯净是每个人所固有的，只是在某个阶段或具体的事物上以不同的方式呈现而已。

每个人都有抱头鼠窜的时候，如果人可以无拘无束地做点他喜欢的事情，生命在落寞中将拥有几许慰藉。因此，写诗是我比较坚持的事情，是不动声色过着自己喜欢的生活的重要内容。通过诗歌，我能更好地窥视自己、温暖自己，使生命可以镀上可见的光泽。

人生有太多的累赘，难以做到洒脱，故要变些方式来改变和安顿好自己，让生命更柔软些，以适应周边的环境，不至于困惑或迷茫。于我而言，写诗是因为自己缺乏某种灵性，对生命不懂得变通，希望借此将不堪的场景轻盈地圆滑过去；另外是希望通过写作，以天马行空的想象和虚构，对生命出现的各种破绽加以掩饰。除此，好像还找不到更好的理由来证明自己为什么要写这些分行文字。

作为不谙世事的旁观者，我一心一意让活着更纯粹些、干净些。比起那些为名为利而在时间长河里不断搅拌的人，自己更愿意是站在河岸上的一棵树。尽管我有很多欲望，但深知自身的能力无法支撑这些难以穷尽的欲望，故我把写诗作为对欲望的一次次清空。

众荷喧哗不是坏事，只要不过于喧哗就好。当一个人无力做众荷喧哗的事情，沉下心潜入静默，读书和写点小文字，既是对焦虑的无为而治，也是反抗欲望的折磨，由此侧身进入精神的澄明清澈。

作为法律人，"我的梦想／就是喝酒、摇船／去一个孤岛／种一亩孤芳自赏的花／向云求一滴雨／向叶子求一瓶氧气／向自我／求草木的纯真。"写诗不是我的生活目的，而是对生活无所事事状态的记录和稀释。我对生活拥有无限的热切，而诗歌不及其万分之一。若非要对写诗的目的性做出有意义的解释，我只能说，写诗是为了使自己的灵魂能得以拯救。

写诗是引导熟悉的泪水向陌生血液流淌的过程。我是情感的自溺者，由于语言的贫瘠，无法把诗歌引入令人着迷的世界，只能以空虚的词句来自渡自己的空虚。作为自由的追随者，我不是把诗歌看作是思想和精神本源的人，相反，觉得诗歌只是一只鸟儿，它最终的归宿还是要回到社会和人类所固有的巢穴。

很多时候，我有失去天空的感觉，无法与自己和睦相处，因此变得沉默寡言，而诗歌的出现，可以维持我内心的平衡，使自己活在人间不再摇摇晃晃。某种意义上，我写诗不是为了寻找情调，而是想与外界分享自己的生活细节，并对精神进行透视。正如法国诗人伊冯·勒芒所说："没有读者，你的诗不存在。"

在物质世界里，诗歌的写作者，仅仅是站在诗歌的某个立面，用语言折射出的光芒来消除自身的阴影罢了，他不可能以此照亮别人，更不能点燃他人的内心世界。真实、真诚、真心，自然而然，这是我想要的生活。把真诚作为生活的唯一目的，是我的原则。每个人都有对着天空发呆的状态，化繁为简是我最为执着的事，所以我有更多的时间写诗，用以打发自己的寂寞与空虚。倘若生活抽离了诗歌，则毫无诗意。只有被诗歌滋养的人才懂得如何去生活。诗歌是自然的、敏感的，具有人的本我开放性和容纳性，能使人超越自我认知的障碍而变得宽容。

人的身心如同容器，往里面装的东西越多就越沉重。发呆时写诗，恰恰是把多余的东西往外倒掉和进行心灵放空的最好方式。发呆、写诗和做梦均是好事，最怕就是没有发呆的能力，甚至没有发呆的自由。

诗歌语言的实验性并不在于创新，而在于更自由、更自我和更独立。离开了人的主体性，诗歌就会陷入形式主义的迷惘和彷徨。缺乏语言主体的自主性往往使诗歌的思想苍白无力。我热衷于自我情绪的酝酿，把传统的语言割裂得七零八落，乱搭滥拼而乐在其中。在传统的文化里，现代语言早已发生了基因变异，并因为语言的跳跃性而使作者的情感极易自我满足。由于不擅长深刻的表达，在处理语言的节奏上，喜欢把长句截成小节，然后通过随心所欲的断句，把诗歌的内部韵律革新到底。

我的诗歌多半是从精神的内部构成，没有什么主义的探索或以文字故作扑朔迷离，制造狂放的"亮点"。思想是行动的旗帜，但解放和唤醒是非常艰难的事情。我向来不具备崇高的思想意识，对于宏大的主题也无力把握，故诗歌的内容更多的是向读者呈现自己的感性，没有繁杂的结构、晦涩的意象和突兀的用词，只抒发个人的情绪而不具有生命的参考价值。如惠特曼的《自我之诗》："我赞美我自己，歌唱我自己／我所讲的一切，将对你们也一样适合。"

尘世浑浊，不管是对生活疏远或亲近，荒凉和孤独是生命的必由之路。写诗可以避开各种曲折而直达内心的繁华，使自己能在没有人烟的地方汲水，在茫茫的原野享受孤独。写作者没有想着要通过诗歌引导读者进入他所设计的时空、情感或思维模式，而是想告诉他们，生命应如诗歌的创作，要不断地做减法，把平庸的热情献给质朴的生活。

  我们无法如树木，张开全部的枝节伸入天空。我们一次又一次穿越大大小小的河流，理想却被高山阻隔。物质已使人千疮百孔，诗歌作为精神产品从未被人类抛弃，相反愈加深入我们的内心生活。所以，诗歌或许能成为破解人的精神困局和治愈物质造成人类心灵创伤的灵丹妙药。

  因沉迷于独立、自由和无为，我越来越无事可做，甚至对自己也有了怜悯之心。不管心情像冬天的落叶在雪地上翻卷，或是在黄昏，把落日误作照亮道路的一盏灯，诗歌已是我诚实生活的一部分。假如没有了诗歌，我的生命将只剩下残垣断壁。因此，我要感谢诗歌，是它让我始终对生活保持着婴儿般的纯真，并在生命即将坠落的那一刻，突然长出向上拼命扑打的翅膀。

  春天又来了，仍有发黄的叶子从树上掉下来，这些叶子注定会被遗弃，所有渺小的生命都如此。意象派诗人希尔达·杜立特尔说"诗人是无用之物"，但我仍愿意做诗歌田园里的倔强留守者。远古的兵马俑睡着了，窗外的月光虽然疏淡却不媚俗。生命到了另一个渡口，小船空在江面上，明亮的江水向它铺开，牢不可破。

  没有网能捕获天空中的飞鸟，没有人能用记忆截留江河。因为夜的风，我满怀饥渴，心像是要从绿色中跳出来。万物敞开了心扉，果实从寂静中开始萌芽，生命剔除了寂寥的空白，炽热的语言更加辽阔。

2024 年 3 月 20 日

# 目录

就这样融化雪进入你的黄昏 ........................ 001
凡是与青春有关的事物 ............................ 003
让时间给海一次寂静 .............................. 004
时间的献词 ...................................... 006
更深的蓝是你的灵魂 .............................. 007
你用纯净的眼睛看见我的纯净 ...................... 009
有更多的日子默然开花 ............................ 010
在微风中爱你 .................................... 011
今夜，我是一束月光 .............................. 012
指纹上的雪 ...................................... 014
酒馆 ............................................ 015
雪国 ............................................ 017
假如时光可以泅渡 ................................ 019
我想做一个英雄 .................................. 020
我低于一粒时间的尘埃 ............................ 021
有些痕迹注定无法朗诵 ............................ 022
为一本孤独的书盖一所房子 ........................ 023
源于一张明信片的回忆 ............................ 025
忘掉整个世界只剩下你 ............................ 026
我想对你说一棵理想的树木 ........................ 028
我渴望 .......................................... 029

| 请你以雪的温暖呼唤我 | 030 |
| --- | --- |
| 月光淋过的黑发白得雪亮 | 031 |
| 始于未熟的果实 | 032 |
| 生命中的最后一片森林 | 033 |
| 山城 —— 献给连越律师事务所 | 034 |
| 献给春天的诗 —— 连越律师事务所 2020 年春天诗会 | 037 |
| 雨的别离 | 039 |
| 幽暗的眼神 | 041 |
| C 小调：雪使一切慢了下来 | 042 |
| 孤独比黑夜的来临更令人伤痛 | 044 |
| 如果青春是一匹马 | 045 |
| 被暖是一种奢侈 | 046 |
| 像草原的绵羊低头啃着满地的月光 | 047 |
| 灰麻雀的两只小脚 | 048 |
| 一匹马跃入我的眼睛 —— 致陈云良同学 | 049 |
| 境界 | 050 |
| 雨过天晴 | 051 |
| 有一种暖你是不知道的 | 052 |
| 兄弟，我们很久没有喝酒了 | 053 |
| 不朽 | 054 |
| 今夜空无一人 | 055 |
| 往高处轻盈 | 056 |
| 在北纬 23 度，我的青春依然辽阔 | 057 |
| 脊椎 | 058 |
| 今夜有酒，有生不逢时的诗歌 | 059 |
| 我抱有雪的温暖 | 060 |
| 仅仅抒情一次，河流就干涸了 | 061 |
| 十月，你只留给我一纸契约 | 064 |

| 今夜我为你读诗 | 065 |
| --- | --- |
| 我愿意接受光阴的庇护 | 066 |
| 眠空的花朵 | 067 |
| 时间忽视的事物 | 069 |
| 虔诚 | 071 |
| 请原谅我是你人迹罕至的世界 | 072 |
| 为一束强烈的光祈祷 | 074 |
| 远方飞来一只萤火虫 | 075 |
| 母亲的时光 | 076 |
| 时间与海水 | 077 |
| 深色的年龄 | 078 |
| 与青春说再见 | 079 |
| 消逝 | 080 |
| 为了像一朵雪花的抵达 | 081 |
| 毕生 | 082 |
| 领地 | 083 |
| 你以纯洁赢了世上的虚无 | 084 |
| 时间的遗址 | 085 |
| 深藏在语言的背后 | 086 |
| 在海陵岛 | 087 |
| 我愿意化身为海 | 088 |
| 流离失所的灵魂重返天空 | 089 |
| 别问抒情的火焰 | 090 |
| 生命是自由的短暂幽居 | 091 |
| 心潮 | 092 |
| 雪落在没有邮票的信上 | 094 |
| 黑暗是光的源头 | 095 |
| 有月光的地方不适宜收割 | 096 |

| | |
|---|---|
| 从最漆黑的一点慢慢出发 | 097 |
| 时光不能穿越我的年龄 | 098 |
| 我所知一块巨石的性格缺陷 | 099 |
| 无法爱上事物的阴影 | 100 |
| 理性的沉默 | 101 |
| 时间从未抚摸过黑白照片 | 102 |
| 你轻轻地唤我 | 103 |
| 手握一片月光 | 104 |
| 远方已冷 | 105 |
| 有时候我会怀念武汉的一场雪 | 106 |
| 在河流的深处 | 107 |
| 河水渐宽 | 108 |
| 你的眼睛是一片冰湖 | 109 |
| 雪落在晚熟的季节 | 110 |
| 一首诗歌从想象中逃逸 | 111 |
| 黑白键 | 112 |
| 我爱你早春哭泣的花朵 | 113 |
| 我被秋的风爱着 | 114 |
| 与镜子同样明亮的眼睛 | 115 |
| 沉默歌者 | 116 |
| 哑语 | 117 |
| 告别2016 | 118 |
| 你的脸是一朵花瓣 | 120 |
| 孤独者 | 121 |
| 偷渡 | 122 |
| 从前的肖像 | 123 |
| 我漫过天空却没有漫过你 | 124 |
| 我欠下一个对你春天的拥抱 | 125 |

| | |
|---|---|
| 倒影 | 126 |
| 那蓝，饱含着我诚实的泪水 | 127 |
| 没有人喜欢我荒芜的天空 | 128 |
| 幻觉 | 129 |
| 世界的另一端是陌巷 | 130 |
| 为追赶隐形人，我一直在披风奔跑 | 131 |
| 洱海的风 | 132 |
| 影子 | 133 |
| 所有的岛屿很孤独 | 137 |
| 我喜欢今夜这寂寥的荒凉 —— 写给 2021 年 | 138 |
| 五月是一条慌不择路的河流 | 140 |
| 月光下的约定 | 141 |
| 在小雪尚未到来的时辰 | 143 |
| 这世界的寂静 | 144 |
| 深夜读信 | 145 |
| 只有风才是青春的牧马人 | 146 |
| 那冷冷的或许是雪 | 147 |
| 只有思念的铁轨才能抵达思念 | 148 |
| 青春照耀你时我有梦的炊烟 | 149 |
| 河流的右岸 | 151 |
| 你形而上的爱碰不到我的唇 | 152 |
| 我在黑夜虚构一条河流 | 153 |
| 我的心是虚掩的门 | 155 |
| 寂雪 | 156 |
| 自由的花瓣 | 157 |
| 雪的心事 | 158 |
| 一个人和一些事 | 159 |
| 我的梦想 | 160 |

| | |
|---|---|
| 灰鸟 | 161 |
| 答案 | 162 |
| 你的心是我唯一的入海口 | 163 |
| 向每一粒春的草籽忏悔 | 164 |
| 时间哲人 | 166 |
| 吝啬于语言的表达 | 167 |
| 一匹被孤独放养的马 | 168 |
| 我的羽毛美不过爱情 | 169 |
| 雨是不便诉说的哀愁 | 170 |
| 我是另一个世界 | 171 |
| 当河流经过时间的沉默 | 172 |
| 时间的密件 | 173 |
| 风起处 | 174 |
| 英雄从我的体内诞生 | 175 |
| 生命的变奏 | 176 |
| 被时间吮吸的泪水 | 177 |
| 我的心是最深的 | 178 |
| 微小的光 | 179 |
| 若有所思的风 | 180 |
| 慢板 | 181 |
| 叛逆的风吹着一匹马 | 182 |
| 语言不可逾越 | 183 |
| 未见到你时雪一直在燃烧 | 184 |
| 金色的勋章 | 185 |
| 风未被树梢察觉 | 186 |
| 虚无的船 | 187 |
| 时间之雪 | 188 |
| 从蜂巢出走的人 | 189 |

| | |
|---|---|
| 在黑的不可逆转中 | 190 |
| 雪落在未落的时间里 | 191 |
| 扉页空白 | 192 |
| 怀念春天 | 193 |
| 忧伤的梳子 | 194 |
| 虚构 | 195 |
| 风的低语 | 196 |
| 我愿意放下泪水的错觉 | 197 |
| 夜是一场不化的雪 | 198 |
| 掌纹 | 199 |
| 西行的列车 | 200 |
| 让大海听见我 | 202 |
| 葱花记忆 | 203 |
| 泪水 | 204 |
| 燃烧的肋骨 | 205 |
| 雨熄灭了眼中的火焰 | 206 |
| 在梦的出口处等你 | 207 |
| 当唯一的青春让给飞鸟 | 208 |
| 秘密呼吸 | 210 |
| 怀念一场雨水的别离 | 211 |
| 种一亩花田，种一亩疼痛的思念 | 212 |
| 万径人踪灭 | 213 |
| 天空吹着渺无人烟的风 | 214 |
| 你从灰烬读懂了我的暖 | 215 |
| 城市风景 | 216 |
| 过境 | 217 |
| 天空是安静的 | 218 |
| 咳嗽 | 219 |

无法相遇的世界 .................................... 220
我刚放下自己又被雨水围困 ...................... 221
流星划过天际 ........................................ 222
无眠舞蹈与时间的旁白 ........................... 223
手指触摸黑的深处 ................................. 226
我 —— 给你 ........................................ 228
从前的月光已无迹可寻 ........................... 229
回到灵魂与语言的空白 ........................... 230
有些语言只适合在黑夜浮游 ..................... 232
黑发淼淼 ............................................. 234
秋天的叙述 .......................................... 235
用荒凉呼唤叶子的青春 ........................... 236
等待春风是虚无的事 .............................. 237
思念在岸上行走的鱼 .............................. 238
走过麦田 ............................................. 239
除了风，便是你 .................................... 240
在落花的季节说再见 .............................. 241
对着向南的窗口吹风 .............................. 242
雨的痕迹 ............................................. 243
思想的钻戒 .......................................... 244
从未被风吹过 ....................................... 245
坠入与死亡 .......................................... 246
生活是张残缺的照片 .............................. 250
风不再吹来四季 .................................... 251
相信时间的无声 .................................... 252
雪以酒的形式存在 ................................. 253
太阳刻下的纬度 .................................... 254
告别一场秋雨 ....................................... 255

| | |
|---|---|
| 时间渐宽 | 256 |
| 生命还有更高的山 —— 致 H | 257 |
| 异族 | 258 |
| 凭着诗意 | 259 |
| 我用呼吸吹走存在 | 261 |
| 黑夜消失于孤独的眼睛 | 262 |
| 秋天是应该回首的季节 | 263 |
| 你一晃而过 | 264 |
| 换一匹马走四季 | 265 |
| 高贵的囚徒 | 266 |
| 在月光中深埋头颅 | 267 |
| 月光是沉寂的灵魂 | 269 |
| 以无人知晓的姿势站立与歌唱 | 270 |
| 繁华与空旷 | 272 |
| 青春的叶脉 | 273 |
| 沉与浮 | 274 |
| 再见，或者永远离去 | 275 |
| 陌生人 | 276 |
| 想把名字迁入你的心居住 | 277 |
| 饥渴与空白 | 278 |
| 在光阴的缝隙中 | 279 |
| 请赐予我灯盏也赐予我远方 | 280 |
| 致你 | 281 |
| 时间的牧歌 | 282 |
| 南方的天空遥不可及 | 283 |
| 满城的月光是酒香 | 284 |
| 柠檬花又落了 | 285 |
| 黄昏的承诺 | 287 |

南方有暖 ........................................... 288
渐行渐远 ........................................... 290
除了你，我没有别的心事 ......................... 291
在火焰上独舞 ...................................... 292
黑夜是如此诚实 ................................... 293
磷火 ............................................... 295
直到风也有我们的目光 —— 给洪浩同学 ......... 296
消失的絮语 ........................................ 298
空旷无声 .......................................... 299
行走的影子如闪电 ................................. 300
高原上隐秘的路 ................................... 301
河流 ............................................... 303

# 就这样融化雪进入你的黄昏

（一）

我愿意承担点什么，在你可以出现的角落
在城市没有了星星，在天没有了蓝
当你疲惫不堪的身体如一片落叶
我愿意轻轻地托住它，不再松手
为了你，我可以将自己一次次地恢复为尘埃
在茫茫的人海，填出一个小小的岛屿
我还可以在每个发黄的季节
为你掉下一颗老去的果实，让空空的枝头
挂满你与世隔绝的温柔，而我愿意
拉住你常青藤的手
阅读每个因爱而微醺的文字

（二）

最后的路过，也是最初的重逢
夕阳把愁绪交给了满月
推开窗子，青春是倒影入镜的一丛白发
江水流出了岁月的缺口，从此不返
那年的夏天，我们浑身长满了羽毛
长长的山路，堆满了无数的语言
但天黑之后，我滞留在你说再见的声音
山风里好像有野菊花的味道

今夜你不在这里

你去了一个没有月色的地方

因此,我现在只剩下一颗年久失修的心

(三)

听说你那里不再下雪了,而我这里仍在下

雪,雪,雪啊,一场虚弱的雪

下得好大喜功,急切的样子

仿佛是我早期羞涩的爱情

在这个时辰,加入适量的激情

加入葱茏的幻觉

在床头,忧伤的回忆果然雪上加霜

再见一片叶子,是再见一座城和一片天空

我忽而想起你陡峭的目光

那是我一生一世都攀爬不上的雪

它冷得料峭,冷得连我的命运都无法抗拒

而这场泪水引来的雪花

与比邻的寂寞相互安慰

## 凡是与青春有关的事物

凡是与青春有关的事物
我倾注了无限的心血、热泪和光阴
以及来自内心的一束光
我喜欢你的冬雪
像一只只鸟儿停留在树枝上
万物承受我的寂静
只有从松树间漏下的月光,是苏醒的
有好多次,我都想
放弃一直以来固守的沉默
追求风的自由,穿过夜的空旷
从北一路向南,给你一树桃花的芬芳
履行从前路过此地的约定
我不需要一盏灯的暖
想象自己吸入了你清冽的呼吸
在雪落的地方
我把所有的草木之心献给你
语言到此为止——
燃烧、哭泣,慢慢地熄灭
因为我知道,雪能胜任我的爱情

## 让时间给海一次寂静

我要的就是这一刻的宁静
不要打扰我 —— 风,雨,还有落花的声音
请你把剩余的爱倾囊而出
在这最美好的一刻
给我你青葱的部分,我好好地生活
像青苔那样
活着,回避所有耀眼的光线
我要去一个地方
在那里默想
那个地方必须是质朴和清净的
没有花园,没有街道,没有灿烂的语言
那里只有几亩田地,一栋房子和一片海
我种植蔬菜养活自己和家人
在那里,我必须相信
风是透明的,雨水是纯真的
我全部的情感
从一只青色的陶罐里活泼地涌出
紫色的豆荚花下
你觉得可恶的虫子,都是我挚爱的亲朋

关于一个词所占有的太阳和月亮
我全部拱手相送
在那里,十二月铺满了银杏的落叶
而你,像一朵无声的
雪花,被春天五颜六色的风
吹成我唯一的知己

## 时间的献词

在万籁俱寂的时刻,我无法
选择青春的坚韧与倔强
因此,我用简陋的陶罐藏起时间的献词
让每个字不再被谎言侵蚀
从所有的曲折寻找真理的脉络
以灰烬的容颜印证思想的金黄
我要倾听石头的呼吸
我要在一匹野马的骨头上轻声低吟
于云淡风轻的高度
我爱湖水明镜的清澈
把春夏秋冬的山色尽揽怀中
现在,我要赞美一个离群索居的女人
她插下诗歌的秧苗
养育了整个普罗米修斯的氏族
因为迷信,我今夜踏进了两条不同的河流
其中一条,我是水波流动的沙子
而另一条,我是躺在江面上思索的阳光

## 更深的蓝是你的灵魂

在蓝色里，更深的蓝是你的灵魂
你在哪里，我又在哪里
海水听不懂人类的声音
未知从我一根黑色的头发涌入
你和我是两片浪花的灵魂
奔跑着，在每一粒沙子里寻找答案
我们以惊世骇俗的方式跳跃
当纯净的月光被引导到你的宇宙
我的心有千百条河流
海水，蓝色的海水是一朵朵花
在你不眠的头颅上绽放
犹如真理散发出香飘四季的芬芳
我身怀火的炽热淬身于海
你在崇山峻岭的信念驻足
喧嚣的城市，狂妄掀起了滔滔巨浪
膨胀的面具飘浮于天空
虚伪的肉体，像风雨飘摇的小船
它们要驶向哪里，没人知道
远处，湖泊的眼睛
看透了世间的虚无缥缈
你在海边一人独坐
深邃的耳朵恢复了原有的宁静
把灵魂献给大海吧

飞翔的理想栖息在生命的帆杆

在黑暗来临之前

星星隐居于无声的世界

我们是海水 —— 作为大地的背叛者

思想没有疆域，也没有禁区

飓风从我狭窄的额角吹过

你顺手接过它的力量

在陌路撒下梦的种子

当现实撩开空无一物的面纱

我活着，是火焰

你活着，是海水

为了让时间的远离成为对英雄的怀念

我把火焰伸入你灵魂的肉体

从此，我们水火相容

我手握的石头长出翅膀

而你的喉咙，语言将永远向稻穗致敬

面对礁石，我说：朗诵大海吧

你说：不！我们要倾听

我终于理解了一滴水为什么要挣脱源头

因为它的孤独是信仰的孤独

## 你用纯净的眼睛看见我的纯净

你用纯净的眼睛看见我的纯净
我每一个欲望都是真诚的
没有对天地撒谎

多少年,我在梦中拉着你的手去看雪
从一块麦地到另外一块麦地
因为暖雪,我与你坐地而谈

我们抚摸藏在雪中的石头
试图去寻找它
在夏季残余的温暖

那些如同死去的石头,一生沉寂不语
让风经过谦虚的山谷
理解丰收后割麦人的沉默

今夜,有雪降落在荒原的嘴唇
我最热切的希望
是你抱过的石头有我的温暖

## 有更多的日子默然开花

采集一些孤单的草本植物
在树下物我两忘
风寂寞地吹着我,黑夜有不尽的饥荒
因为落叶,我梦见自己开花了
镜子那么浅窄
连微小的尘埃都陷入绝境
烈焰拍打翅膀飞入黑夜
漂浮的城市用苍凉的声音
朗诵低迷的月光
错过了夏季,所有的温柔
是一场致命的空缺
因此,我的土地寸草不生
你以嫣然的微笑
在忧郁的眼睛收集粼粼的泪水
而风,永远吹不干浩瀚的大海
你遗忘于我的遗忘
我迷失于你的迷失
以致滔滔的时间
陷入了静止的死亡
异邦之地,影子与我擦肩而过
有些日子在凋谢
有更多的日子独自醒来,默然开花

## 在微风中爱你

我愿意伫立在秋的微风中爱你
暖的光解开了昨夜黑暗的绳索
你虽然遥远,但清晰可见
我爱浪吻过的天涯,一如风与光的纠缠

我喜欢沉默,因为有些词汇
只单纯地对着你微笑就够了
也喜欢夜鸟长途奔袭
把我从月光的迷恋中轻轻唤醒

有时,我是一枝独立的油菜花
有时是黄昏中的一片祥云
有时,在你的眼里或者心里
我什么都不是

但我愿意在这微风中爱你
孤独的,轻轻地起舞
让一切可见的跟我说再见
让一切可爱的陌生人,无所顾忌地行走

而我依然不变,有时是一阵风
有时是一场雨,在万籁俱静中与你悄然重逢
不是湖,也非海,我是一口静默的水井
在秋的微风中我爱你,目光平静如水

## 今夜，我是一束月光

我只能在有月光的时候想你
在夜晚，在风的激情
传说中的月亮爬升出我的眼睛
很多次，我踏着泪水
在一片涩涩的青光中默念
但我看到是太深太深的夜空
九月，九月的月光是孤独的
它是树根的渴望
是被思念的鞭子抽打着的一朵白云

有时候，我想在月亮上
刻下风暴的诗句，刻下滔滔江水
但十五的月亮从未降落
它高悬于天空
只让我在时间的清香中做梦
星光稀疏，我深埋面孔
看一块含蓄的石头
到酒馆，与微弱的灯光促膝长谈
有河水默默流淌
有冰川融化，向温暖的文字告别
而我不是耀眼的太阳
不是黑夜中自命不凡的夜莺
我是荒凉原野中微笑的密语
是你高傲肉体里掩藏着的烈火真心

有时候，我想在墙壁上终止记忆
让你的月光安眠
让我痛楚的寂寞解脱于黎明
可是你夜里一声咳嗽
把我从南方的漆黑推醒
于是，有月光映照的街道
延伸至我宿命中的屋顶
更有一道柔光偷凿我的心壁
从千里之外与我握手，寻找你昔日的行踪
海水与月亮
种子的语言和失散的唐诗宋词
踩着你的月光来了
这些在秋天里来回穿梭的思念
让绵绵不绝的爱情
再次破门而入，引发九月地裂山崩

此刻，月光如水
倾入我生命中的窗口
并深没我的膝盖
你，从我的眼取走一丛火
这折射着你灵魂的光芒
洞穿我黑夜的峡谷，越过久别的船桅
一次次把铜鼎的誓言照亮
今夜，我是一束月光
是一只在你眉心上收拢翅膀的宿鸟
今夜，我要回到雪落无声的王国
寻找一枝隐居于皱纹中的香水百合

## 指纹上的雪

十一月是多余的,因为没有你的雪
十一月有双倍的时间与双倍的伤痛

树的阴影,以及一本尚未打开的书
成为我的掩体
阳光逃离了我,就像你当初从一扇门淡出
石头失去了耐心,诗歌中的雪
不再有明朗的月光朗诵

十一月,我的孤寂抵不上几声鸟语
我热情写下的书信没有人读取

十一月,北方花草零落
原来葱茏的树木失去了青春
那么密实的日子
现在全是溃堤的缺口
天空愈趋荒冷,思念根深蒂固

十一月,南方的河流更加安静
十一月,所有美的意象均是不朽之谜

雪,落在疲倦的土地上
雪,或许在你的肩又有了一层月光的回声
我想象自己也是雪,凭着北风

## 酒馆

酒馆已很破旧了
幽幽的灯光在墙上不断涂抹无知与无畏
时伴索然无味的零星小雨
及少许你多余的眼泪
众生围着几碟小菜，侃侃而谈
聊山脉的隘口
聊青春放纵狂野的河流
你偏安一隅，默言静坐
眼神延伸至一个诗意丛生的远方
有人盛赞你的辛勤
有人说起你曾经雀跃的爱情
而你像卸下风帆的小船
寂寞孤单地泊在酒馆的窗口
看一只鸟儿飞过
满怀你的理想和力量
与树梢上飒飒作响的风好胜争强
你也曾作为一棵在悬崖上栖居的树
拥抱过蓝天与白云
并宣示过七色彩虹般的抱负
如今，你在这间破旧不堪的酒馆喝酒
一杯又一杯喝你的淡然往事
因为喝酒的样子和勇气
你成为酒馆里令人瞩目的孤胆英雄

酒醉的时候,外面开始下雪
你原来乌黑闪亮的头发
瞬间覆满了积雪
尘埃被呼吸轻轻吹起,悬浮于世
在时光的酒馆里
你怀抱一曲沧桑无邪的歌词,朴素地睡着了
你不知道自己睡着时是多么纯真
其实啊,在未被亵渎的土地
有很多跟你一样的睡姿
如朵朵鲜花,在酒馆之外缤纷盛开

# 雪国

在冬天,我看到许多冷峻磅礴的面孔
雪,犹如一只只白色的小鸽子
从你的眼睛飞出,它们是青春躁动的精灵
可我,没有看到拓荒者的雪国
白鸽子,十万平方公里的草原吹着你的气息
天空像巨大的卧室,我的钢琴为你奏响
倾一江的河水,万物听见雪的声音
就像青花瓷的碎裂,我
被雪国的声音推倒在大海的波涛

源自于雪国晶莹剔透的音符
俘虏了我一颗因为丰满而沉寂的心
漆黑的乌云闪闪发亮
它们被白鸽奉若神明
在雪国的神殿
春天再次从我的脑海死而复生
那个在风雪中所向披靡的灵魂
随着寒风舞蹈,踏上了时间巨轮的甲板
从孤岛回到了布满祭坛的陆地
并呼唤一丛丛烈焰
穿越黑夜抵达雪国的黎明

星星在空中浮现,等待秋天的来临

石头戴着忠诚的皇冠
如饥似渴地接受月光的温暖
山脉绵延起伏在寻找恐龙的足迹
此刻,英雄出现在雪国
他唱着水调歌头,打破天空的沉默
美酒在黄河冒着轻雾般的清香
在谦逊太阳的面前,我停止了纵情狂欢
而雪国的雪,早已遗忘了白鸽翅膀上的严寒

## 假如时光可以泅渡

在前世的栈道上遇见你
你迎面而来,我侧身而过
我以一颗发芽种子的眼睛看你
发现你轻于时间的云烟
而重于一滴雨
所以,今生你才从那么高的苍穹
以急切的速度
落到这片干旱的土地

我们缘于同一片云
同样喜欢天空洁净的蓝
但我不敢把你搬出幽深的山谷
你的家,坐落我心
日出有雨,日落便是我寂寞的黄昏
清风明月,我总是缺不了你
在梦中,人们传说你从我这里经过

或许是天高了些吧
你始终是一只我听不见鸣叫的云雀
是我心中悬挂着的一幅画
我以爱好者的身份藏匿你
我喜欢你,就像喜欢我脸颊上温暖的晨光
那天,你跟我聊天,无牵无挂
说到动情之处,我忽而忘记了自己
忘记了清淡的月光
而你拢拢头发,依然懂得原路返回

## 我想做一个英雄

趁阳光还可以供暖
我从寒夜奔来,俯身吻你
宛如小孩吻一朵野花
我爱水的任性,裸露透明的躯体
在月光下奔跑
追逐妖娆的影子
我喜欢用思念的泪水
给属于自己的夜酿造沸腾的气氛
我喜欢在孤独中浸泡记忆
循入梦乡的苍茫
随氤氲的雾气灿烂离去
我一直在真诚地奔跑
我跑不过风,跑不过时间狂放的闪电
跑不过黑夜里身体内部的隐痛
但我愿以尘埃的模样爱你
在山的起起伏伏
在一寸寸流离失所的光阴
像一个殉道者,奔向熊熊的火焰
我真的想做一个英雄
于奔跑的尽头,死在一朵雪花的怀里

## 我低于一粒时间的尘埃

那些月光的种子是应该要遗忘的
风刮过满脸通红的果实
留下一片枯叶在雪中等待发芽
马在雪中漫步，咀嚼历史
我在混乱不堪的回首中
与消失的山河再次重逢
你说你像一条河流困顿于岁月的沙漠
在星星下落不明的另一端
我低于一粒时间的尘埃
低于一阵弯腰曲背的风
在漆黑中行走，像一束不受控制的光
这时原野换上雪的新装
青春依然在怯生生的土壤里潜伏
而遥远的灵魂
是雪的热爱难以抵达的边陲
对于辽阔的天空
雪是它在大地一无所获的痛哭
今夜，候鸟去了南方
它以羽毛引领的寒流
使旷野的光阴与泪水一样的匆匆
如果怀念是一种巫术
我宁愿选择放弃自己的喜欢
从黑夜开始，直至最后与时光分离

## 有些痕迹注定无法朗诵

破败的天空，被黑夜所簇拥
如果破败的心情
能被风缝上
来自你声音的补丁
那么，这川流不息的夜
从此就不再有淤塞血管的郁闷

让天空去吻别
那辽远的枯草般的黑发吧
山谷已装满了你念念不忘的雪
沉默的火山
在脚底依旧保持着记忆的沉默
而一粒微尘
正陷入无爱的恐慌中

我被风吹过，你也是
我被风吹过后满眼都是泪水
而你没有，你被风
吹出了一双好看的翅膀
你在空虚的树枝上停留了片刻
最后也飞走了
天黑了，我什么都没有看见
包括你的痕迹

## 为一本孤独的书盖一所房子

一个人在静静地看书,旁若无人
这世界本来就没有人,只有我一只野生动物
风吹来了,风是孤独的
树枝孤零零的,但它有无限的风光
没有比现在更美了
尽管这本书是孤独的
它将孤独终老,寂寞地度过我的一生
书中的每一个字都是我的孩子
在有风的日子
我以前所未有的空虚抱紧它们
它们是我独一无二的孩子
是我体内的远方
我爱它们,我要为它们盖一所房子
冬季供暖,夏季送凉
我跟它们一起成长,灵魂可以轻如鸿毛
来自尘土,也归于尘土
甚至希望不要遗传跟我同一基因的骨头
我唯期望它们
拥有仅属于它们自己的思想和追求
正如现在,我与它们是寂静的,也归于寂静
在冬天,我会越来越感到欢欣
万紫千红没有了,生命不再争奇斗艳
树木、花朵,山川与河流

将因我内心的地壳运动，移出我简陋的身体
我一败再败，一伤再伤，满眼含泪
我跪在白雪的面前悔罪
向你们交出我全部的纯洁和无耻的贪婪
让软弱的骨头对爱和善更虔诚
我一个人读这本孤独的书
什么也没有发生，我重新回到空空的枝头
把书中与自己性格相似的字拣出来
播种于与世无争的隙缝
让它们活得更像它们自己，而我在风中
慢慢发黄，融入如愿以偿的黄昏
我甘愿这样的寂静
接受时间流逝留下的遗址
从此求得圆满——我只求一种孤独无援的美

## 源于一张明信片的回忆

只有在深夜熟睡的时候
你的城市才像一个婴儿
百叶窗紧闭，幽幽的睫毛
隔着江汉平原的目光
樱花泛起的红晕
将成为梧桐树的漫天飞絮
装在帆布袋里的黄昏
越来越接近我暗黄的肤色
在蛇山与龟山牵手的地方
高雅的谈吐与咖啡混为一体
玫瑰保持矜持的恬静
落叶与苔藓安于低处
见过时间的人见过枯枝
月光摁灭了星星
我猛然想起冬季的阳光
更像一片片雪花
夜里，手上的一本书
被一盏明朗的灯快乐地供奉着
没有人敞开心扉给我写信
裸露她木纹的爱情
从一张明信片中念及你
我的心如同无人涉足教堂的空虚

## 忘掉整个世界只剩下你

那时，月光是深蓝色的
就像你的牛仔裤
修身且符合我心里的线条
夜在无声中空出一片空旷
我的梦在涌动
月亮是你的倒影
姑娘，我想回到你青春葱茏的过去
回到你炊烟袅袅的故乡
在麦垛的尖塔上，我以漫步的姿势
靠近你，像一只飞蛾穿过熊熊燃烧的烈焰
也许简单明了的事物
因为服从你的指令而执迷不悟
星光勾勒出你朦胧的脸庞
每一扇透明的窗户
与你的心灵息息相通
如果霞光万道
在你的脚底惹起岁月的烟
我愿意做时间里一颗微小的尘埃
匍匐在你的灵魂之下
爱我吧，就像大地爱一粒麦穗的种子
在星河系里，我与你
有一万光年的距离

心是贴近的，如海水贴近船舷
如果水手不引导海水流入港湾
如果船儿不乘风破浪
那么再温柔的语言，都说不出口
它们永远在甲板上曝晒
浪花般追随着你到海枯石烂
直至天地合而为一

## 我想对你说一棵理想的树木

蔚蓝的天空下
我想对你说一棵理想的树木
可我的舌头是无用的
它卷走了许多温热湿润的词语
留下一大堆七彩的石头
压住骏马的身躯,让我永远抬不起头
太阳与黑夜无法达成协议
树木脱掉绿色的外衣
只让嫩芽去反思
适逢你还有一大片绿油油的草原
喂养一匹懂得思想的野马
以沉默的眼神与我的灵魂遥相呼应
风,吹动它青春焕发的鬃毛
我多想呼唤它亲近你啊
可面对七零八落的满地竹简
我唯有张口结舌
于是,我把头颅压得低低的
蛰伏于云朵之下
仰望远方一个天马行空的英雄

## 我渴望

我渴望自由、独立
拥有小草不被践踏的尊严
我渴望简单、纯净，秉承高山湖水的透明
如时间的绵密
不留下任何形式的空隙
我渴望瘦弱的枯枝能回到春天
渴望白雪茫茫，草原、沙漠、戈壁
这宇宙的一切
能共享我内心深处雪的静谧
我渴望冬日百鸟归巢
大地依然枝繁叶茂
而你站在甲板上乘风破浪
读我，读太阳和月亮
读离海岸很远很远的远方
我还渴望地球
不再有忧伤的沟壑和水土流失
渴望所有的生命
有辽阔无际的天空
每个灵魂都有相同的出口
光明隐退之后
黑暗继续彰显星星的勇敢
暴风雨来临
你我如岩石岿然不动

## 请你以雪的温暖呼唤我

有风的时候,也有雪
比如今天,我打开这本关于雪的书
雪就下了,每个字的角落
堆满了雪纺的记忆
你知道,那些年轻的雪
已老成了冰川
而冷,一直在消耗我
太阳用它固有的深情呼唤你
请你以雪的温暖呼唤我
河流在看不见的地方涌动,月光在漂洗白发
说吧,揣着信的河床,告诉大地
这一切都是真实的
我泪水经过的流域都属于你
山谷里的思念,像风吹来
现在雪花片片,封住了我下山的路

## 月光淋过的黑发白得雪亮

乌鸦般的人群如同扁舟
出没于城市的各个路口
风控制着他们的头颅——这些帆
其实是多余的,他们被浪
簇拥在斑马线上,小心翼翼
因为风搬不动
他们成为自由的路障
每个在风暴眼里的生命
可能是某个时间或时代的祭品
黑云压城,太阳被俘虏
暴风吹折了树木
摧断了一些坚硬的骨头
除了狂野,除了桀骜不驯的血液
我梦见群山跟我一样
深入云端呼吸稀薄的氧气
月光淋过的黑发白得雪亮
人们在谈论生活
我不知道要谈论什么,只好在书中自满
在一杯烧酒里自鸣得意
在河流弯曲的地方,枕着雨声睡眠
今夜,我知道你也在哭泣
我唯一的思想
是接纳火山爆发前的沉默
当黑暗铺天盖地而来
夜,就像一双无形的巨手
打开我的身体,释放全部的光

## 始于未熟的果实

夏天的雨落在我干涸的嘴唇
风，穿过了丰收的人群
辽阔的天空，一把闪光的镰刀
凝视着春天种下的庄稼
因为长时间的坚守，跟兄弟们一样
我充血的眼睛，盈满了胀痛的泪水

## 生命中的最后一片森林

一只鸟停在我的眉毛，把这里
当作它理想的归巢
风从我的内心吹起，梳理它每一根羽毛
阳光下，泛着别的鸟
不易察觉的暖意。阳光的密度
是雨水永远的不解之谜
就像我清晨醒来
读过你青春期的每一首朦胧诗
远方黛色的山脉
是鸟儿最初收拢翅膀的地方
现在，雪融化了，而风
在忘情地吹着。鸟儿掠过的天空
仿如一面镜子
照着我如饥似渴的脸
——翱翔的梦
把自由的钻石镶入黑夜
成为我光明磊落额头上
另一种鸟安家落户的眼睛
这个早晨，因为青黄不接的饥荒
我无力再饲养这只鸟儿
趁暮色还未来临，我向它献出了
生命中的最后一片森林

# 山城
## ——献给连越律师事务所

（一）

我们的心有一座山城
山城很高，它有矫健的双脚
要去诗的远方
骏马飞身踏过
烟尘是远古的帘幕
恒星俯瞰一页页历史流入沙漠
有人梦见了凡·高
你的向日葵在仰望
青春向天空绽放青出于蓝的辽阔
保守的遗骸犹如枯木
周围长满了绝处逢生的自由
啊，灿烂的阳光
阅读我们信马由缰的梦想
茂密的森林爱上了风的飒爽
激情的火焰在拓荒者的头顶上跃动
蜿蜒的溪水滋润英雄的喉咙
在无畏的山城，高傲的头颅
顶住乌云压顶，巨石因你而折服
骆驼眼中的一只鸟儿
从远方回来，它诚实的影子

在一望无际的荒原上
播下了万紫千红
山城,我以千姿百态的方式爱你
我爱你巍峨的神圣
爱你超尘脱俗的典雅

(二)

云朵从窗前擦肩而过
志存高远的雄鹰
因为渴望而在山谷盘旋,恋恋不舍
大海诱惑,我们无法驾驭它的蓝
作为一座山城,在大地,它渺小如尘
可是,没人怀疑
它依然是冰雪唱颂的故乡
独辟蹊径,我们悄无声息地回到它的胸膛
温热的泪水,如同路标的指引
当肉体立在巅峰,灵魂便向着天空生长
河流是徒劳的,它只向低处奔流
闪电犹如理想的呼唤
我们只爱你一种性格,倔傲不羁
可爱的孩子,你们
只属于山城而非高耸入云的天空
不要把沉默当作抵抗宿命的武器
也不要在浮云下企图攫取太阳的皇冠
山城,你的子民因信任而结盟
信任创造价值,而价值是烈火中的真金
爱我,请不要流于世俗,更不要禁锢我的精神

（三）

山城，假如你地下埋藏着能量无穷的思想
每个生命将搜寻你，竭尽全力
至诚至善的火花
膨胀着山城平静安详的空气
僵化的沉眠者孑然一身，他们未老先衰
而我们以特立独行，在山顶薪火传承
鲜血笃信正义的芬芳
南方的丘陵，不是臣服的奴仆
你们蔑视神的权力，只对法律卑躬屈膝
哦，山城的孩子——黑夜灯盏的守护者
请不要在法庭贩卖你的才情
不要因痴迷金钱而被钉上耻辱的十字架
请记住星辰的教诲和大地的恩情
唯有洁净的信仰才能延续公正
遥望山城，今夜月亮皎洁，清辉一如既往
这圣洁的光一定会把黑暗唤醒为白昼
你们远道而来，最终成为山城的风景
这是半岛的山城，我们与真理陆地密切联系
这是生命的山城，我们与五湖四海咫尺相通

## 献给春天的诗
—— 连越律师事务所 2020 年春天诗会

今夜,星星亮了
今夜,月光飞过来了
你和我,翻越时间的万水千山,在此久别重逢
因为你的暖,我听到冰雪融化的声音
看到花蕾在你的眼睛里饱含深情
世界啊,世界因为你们而开始万象更新

今夜,我是连越人,你也是
我们都是连越人
今夜,我们在一起,要朗诵一首关于春天的诗
我们爱上春天的河流
在花朵的热烈中歌唱爱的温暖
看海水撞击冰块
听河流以美妙的音符迷醉夜晚的星星

我们还会爱上一匹
从珠穆朗玛峰飞奔而来的白马
爱它坚固的蹄子,爱它踏过的每座青山
爱它苏醒后的沉默,爱它疾驰时的燃烧

这是叶子的嫩芽在互相问候的春天
广州,大地温暖如春

高楼向着更高的蔚蓝甜蜜呼吸
珠江在鸣笛，白云山的
每棵青葱树木
在拾级而上的阶梯上
与我们相爱相亲
啊——冬天，春天
每只热爱生命的鸟儿，在大地上展翅飞翔

打开胸怀吧，拥抱伟大的祖国
用我们满腔热血贴近她的海洋、城市和山村
于群山内部，累积拼搏前行的力量
在大海深处，用信仰和意志把太阳推陈出新

此刻，如果你那里还是一片漆黑
我愿点燃自己的眼睛
献给你一盏永不熄灭的灯
我爱你的兄弟姐妹，爱你纯真不羁的青春
我爱你思想的闪电，爱你谦卑的山峦
更爱你心里流淌万物的黄河与长江

我们执念着一种执念
相信着一种相信
生命，总有些日子因爱而成诗
未来，有些东西会渐行渐远，比如人生欲望
有一些东西将越来越多，例如美好回忆
就让那青铜的忧伤散作时间的遗忘吧
这个冬天，白云飞不过巅峰
我们是一只小小的鸟儿
我们飞，飞过长空万里，飞向灵魂的原始森林

# 雨的别离

虽然这个城市
挨着你的
城市
熟透的苹果
还闻到似曾相识的味道
车厢内,我的温度是 36℃
你是 37℃
你的眼睛
被这多出的一度,突然蒸出哗啦啦的泪水

花开不再倾城
青山隐隐,绿水潺潺
唯有一条铁轨在测量我们的脉搏
你要走多远,我就走多远
十一月,南方尚暖
就这样,一朵云与另一朵云吻别

那些被雨水迂回的人生轨迹
不再留下我
那些被风吹过的江水不再是沧海
那个穿着白衬衫的男孩
一别,就带走了我全部的止痛片

我以为再远的海,也能流回来
因为岸在等
你说过,海是不眠的
我临窗遥望
可是,那些被遗忘的人早已遗忘
他回到了暗处
回到他的深沉
没有人
会为一次不曾离去的离去而驻足

那些被雨水乔装打扮的忧伤
回到了我的眼眶
回到了无效的时光里,我这里还是雨
那些匆匆的匆匆
那些阳光与雨水交织的日子没有停下来
那趟北行的列车没有停下来

我这里只有一匹马
它停在最后的一节钢轨
它不会离去,而且是永远,和永远

## 幽暗的眼神

一个幽暗的眼神
在河流上漂了很久,从我葱花一样的
青春流过,青叶落尽

风在这里继续地吹,但吹不动河岸
没有哪朵云能长期独占天空

你爱的那个人是空虚的
他的灵魂因为镀上晨曦而光彩夺目

愿你每朵眼神能穿过寂静的指缝
降落在我紧闭的双唇

我要以空虚的寒冷交换你的温暖

# C小调：雪使一切慢了下来

（一）

早晨，我铺陈记忆，读你发黄的书信
一只小鸟在天空出没
痴迷于天空，却无法填补天空的空白
语言潜伏于日日夜夜
寂寥得广袤无际

你在北方，独一无二

你给予我的世界那么多空白
只有雪在默默地填充

（二）

北方是一座古老的庭院
我看你一眼
你也用湛蓝的眼看我
然后低头
像一口水井的沉默
我沉溺于你的水

你用生命带来了另一个生命
你的生命是白天，我的生命是黑夜

我知道，你的北方还在下雪
无休无止
简单、热烈和纯粹，没有深刻的表达
路过的人早已路过
像你与我在一本书上的相逢

（三）

雪使生命变得更加简洁明快
陈腐的语言
对北风俯首帖耳
时间缓缓
冰封于思念的狭窄小径

雪，使一切都慢了下来
小鸟在觅食，没有人知道它的饥饿
我每呼吸一次，你就浮出水面
你是世界上最美的鱼

## 孤独比黑夜的来临更令人伤痛

此刻,我看到的是一缕雨的轻烟
看到的是一棵不会言语的树
悬浮的海草
如同集市中被泪水吻过的鱼
你说,这么瘦的身子
为什么拥有这么多的箭
如刺猬,插满全身
让深爱的人
忘记了眼睛和疼痛的指纹

## 如果青春是一匹马

你以晨风最低的姿势,一意孤行
向一片青翠挥手致意
你渴望看到黑夜再次涌出眼睛
如青春的泪珠闪闪发亮
你用犀利的笔尖
代替光的锋芒
在我的心脏镌刻清澈的月亮
你告诉我泪水泛滥
淹没了太阳,淹没了你自己
你还说因为热爱而背井离乡
你说完这一切
篝火就成为河流消失后的荒寂
于是,你伸出水杉树的手
希望一只鸟儿
停在臂上读一首关于立夏的诗
为了这个虚妄的故事
你使精疲力竭的黑夜变得更加深邃
如果青春是一匹马
我多希望你能打开沉默的眼帘
为一束静止的光
迎接这时间不朽的奔流

## 被暖是一种奢侈

太阳是暖的
被温暖，是一种奢侈
海水已经很低很低了
低出来的陆地
我就是你的唯一的岛屿
蹚过泪水
我试图用一个句子去拥抱你
想法一产生，即被光照耀，融化
宇宙是不灭的
飞蛾扑向一盏灯
毁灭的，是被爱所预言的永恒
当夜分割了黑白
你是我无限的光源
听不见的，与看不见的
是青春，是黑夜中远道而来的雪
如果你也是雪
那么，应该早些来临
在我的心和眉毛
浩浩荡荡地下
在生命的明亮与黑暗之间
我允许你捷足先登
掩护无眠的夜行人

## 像草原的绵羊低头啃着满地的月光

像草原的绵羊低头啃着满地的月光
我因思念你而拥有无人知晓的静谧

像一座山挽着另外一座山
我爱你,在太阳奔赴月亮的那些日夜

喜欢你黑长的头发簇拥我脸颊的温暖
胸脯像大海的波浪一起一伏

而此时此刻,语言是柔软的

它不及你爱我抛弃了外壳
裸出的灵魂
我爱得如此虚弱

乃至一次就已经接近死亡

## 灰麻雀的两只小脚

我想,应该下雪了
窗外再美,也比不上深夜一场雪
一场异常凄美的雪
飘然而至
落下,落在火焰的舌头
雪,落下,就像是深夜里的
明月落在深井,以及消融了的岁月
灰麻雀的两只小脚
在冷雪上跳来跳去,没有任何声响
我想,"雀跃"这个词
是不是被你温暖的爱伪造出来的
这样说,小寒的风不会相信
我内心的喜悦和宁静
今夜,因为你,我毫无顾忌地
爱上了一些微小的事物
雪粒、花瓣的指甲,还有幼小的生命
甚至是一个居住在我肉体里的细菌
我的爱是幼稚的,盲目的
它藏匿在一朵雪,于深夜的寂寥中形成
这个早晨,不管是遗忘还是沉默
雪冷冷的来过
虽然青春始终没有将它留下
但它的美,已被我紧握在手心里

# 一匹马跃入我的眼睛
## —— 致陈云良同学

黑夜里，突然，一匹马
以闪电的速度跃入我的眼睛
我释放所有的记忆
勒住这匹马
天空因为马蹄而退到山的脚下
星星与它相互注目
它的头颅分明就是一座高塔
孤零零地巍然屹立
凛然的样子不可触碰
它俯瞰我时，我仿佛听到了一阵呼啸
我的心也像一匹没有缰绳的马
腾空而起，所有的树木都为之抖擞
可是，仅仅因那一刹那的迟疑
我再也捕捉不到它的踪影

## 境界

背后没有可见的风景
我们被封装在油罐车
成为压抑的事物
你的手握着超越欲望的火
溅出的火星
给我打出靠近的手势
摆好的白纸
保持一贯的谦虚谨慎
掌声在钢琴的黑白键上奔跑
我站在两排影子中间
但没有与它们遥相呼应
散场后，我单薄的身体
成为践踏的道路
没有惊慌的逃遁，嘈杂的声音
因为我的静止而寂然
没有人能回答历史
为何档案馆里
多了一款无名氏的石头

## 雨过天晴

早晨的柔光是丝绸般的
光滑细腻，如天使的肌肤
我嫉妒一只鸟
它飞过我的早晨，飞过
一棵树，和一段优雅的河流
在氤氲的雾气中
我找到了我自己，以及记忆中的存在
早晨饱满的雨，是一粒一粒的
它喂养我，沿途的风景名胜
已被完全忽略
我爱一段长长的路
无尽的时间和可能在眼里再生
我喜欢雨对万物的平等，无论富贵与贫贱
因此，我喜欢雨的喜欢
即使换了一个可以燃烧的日子
仍然如此
我还喜欢这个早晨的一朵花
香气很淡，淡得我嗅不出它的味道
但我不能怀疑它的存在
正如我永远不能怀疑丰收的你

## 有一种暖你是不知道的

有一种暖你是不知道的
它比阳光的温度低些
比月光浓稠些
它隐藏在透明的卫浴空间
仅留给我一个朦朦胧胧的背影
荷尔蒙分泌的油脂
滴落在古老的青铜器皿
我倾尽所有的心血都冲刷不掉
就这样,它一直掌控着我
在暗处,如同一个不被遇见的幽灵
它传导的热恰到好处
39℃,一种旁人无法知晓的低烧
它走那么远的路来到这里
是为了让最初的心不再露宿街头

## 兄弟，我们很久没有喝酒了

兄弟，我们很久没有喝酒了
整个冬季，你都不出门
昨天，你说去了北京，路过我的心房
但你没有坐铁轨来看我
这么多年，你一直蜗居在我的记忆里
寻找内外兼修，寻找心灵契合，在山之外等风
而我，则过着散文一般的生活
我常常独自一个人走路，像一头野兽
天空中那只飞鸟
不知道为什么要带走我的翅膀
而把我留在树上
现在很快就是六月了
那瓶黄酒，温了又温，微热
泡酒的话梅我又吃了几颗
你不来，美好的事情是如此的苍白
还有别的世俗吗
告诉你吧，自从离开了喧嚣
我俭朴的生活已经活在骨子里了

## 不朽

众人私分一夜的月光
兴高采烈地散去
留下一本书
几行字和一壶茶，一个影子
夜因为雪而变得清白
我摊开本子，为你写诗
这时候，写诗是一种沉沦
但如果我不写
这一冷一热的气候会更加反复无常
但写着写着，竟然天亮了
而你还在远方
依然与我山长水远
你说，那么多要记忆的东西
一直在缓存中
我说没有那么玄乎好不好
你旋即发来一个微笑
一片我不知深浅的海
其实，我想说点什么
只是太过惰性
就像今天，我一直待在家里
如果你不说话
或许我接连几天都会沉默
我习惯了这样的方式
沉默，然后是继续沉默
直至天黑
把一切淹没，包括你和我

## 今夜空无一人

昨夜吃药后就睡了
没有人看见我睡着的样子
想必是婴儿般的,睡得很香
想象自己的呼吸,不慌不忙
可惜,我没有做梦
很多人说做梦是一种奢侈
可是我并不
因为我常常做的是噩梦
在梦中,我流着奔腾不息的泪水
即使在梦中醒来
泪水依然喧哗不止
因为药的作用,我睡得很沉
沉得时间没有来的源头
没有去的痕迹
偶尔也梦见自己有酒徒的狂欢
想对你说我很快乐
但一张口就结舌
语言如飞在天上的鸟儿没有方向
我一直在盘旋,没有鸣叫
从午夜树木的腐朽
直至星星的黯淡
在旧梦重返又摇摇欲坠之际
你放牧于黑暗的光
突然刺伤我的双眼

## 往高处轻盈

下雨了,下了就不消停
外面盈满了雨,我这里也是
我想起了云,但云从不想我
好大的一朵云,乌黑乌黑的样子
铺天盖地而来
可我什么也没有看见
我只看到一盏灯淡淡的光晕
黑夜什么都不管啊
林中的小屋,我是亡命之徒
远处有火
暗处更是一片火海
我远离你,因为远离可以更近
暗夜的精灵吻我
带着野草的思念和雨水的气息
你的气流对着我煽情
把我高高地抬入云里雾里
往高处轻盈
温柔在低处
如同照着我回家的灯火闪亮
世界自从有了你
万物从此销声匿迹

## 在北纬23度,我的青春依然辽阔

熟悉的事物是时间的孩子
它们生活在洁白的纸上,如你见过的文字
它们纯洁、清秀,温顺而唯美
让热爱的人们过目不忘
这就是语言的力量
我相信雨中的事物不会有挽歌
午后,我翻开一本书
那温暖的文字就像一群羊
它们是自由的
这向陌生人敞开的生命
能把所有的虚伪卸下来
窗外的树,挂满了青春的果实
思念的叶子不再枯黄
你微笑的眼睛提醒我
我的青春依然辽阔,你的爱也绵绵不绝
在这个北纬23度的城市
雨,正以汹涌的力量
推动一大块陆地向你那里漂移
六月的天空飞来一只青鸟
使我的孤单遭遇一场最猛烈的爱情
甚至是夜里失眠的虫子
都被你随手撒下的药物一一毒死

# 脊椎

我每一节脊椎都不敢弯曲
苟同你所有的喜欢
我每天喝一杯干干净净的白开水
等比白开水更干净的海水
从我的脊椎流过
我在饥饿的墙壁上写诗
尊重夹缝中生机勃勃的小草
在浪花喧闹的地方
我用泪水把沙子从眼睛淘出
还给吞咽黑暗的大海

## 今夜有酒，有生不逢时的诗歌

过了五月的花期，你给我微信
寥寥数语，成了我心中一片花海
草原绿了，树木高了
叶子放牧一阵又一阵清风的寂寞
坐在阳台上
我渴望天色快些暗下来
我要骑上骏马追一些淡淡的月光
最好是月如雪
暗暗而来，让世俗的喧嚣归于安静
我想，那时的你
一定是虔诚而笃定的人
你一定会用温暖的呼吸
吹开我千万朵玫瑰
而我，只亲近其中一朵
等空蒙的山雨
迂回到一条怀念的河流
现在，天黑了，月光秘而不宣
但我已回不到河的对岸
今夜有酒，有嫩芽的月光
有生不逢时的诗歌
可我饮不下你的山河
我只能痛饮我自己
我喝醉了啊
且等不及窗外烟火消散
便一头扎进你繁华的影子睡着了

## 我抱有雪的温暖

语言因为缺氧而窒息
手铐和脚镣
永远不能与自由相提并论

枯叶是谦逊的，它们选择深坑
终结自己的一生

时间卷走了雪地的残枝败叶
一些未能确定的事实其实早已确定
一些纯色的微笑露出雪的纯真

在偃旗息鼓的群马背后
我抱有雪的温暖，热泪里含着热泪

# 仅仅抒情一次,河流就干涸了

（一）

风一吹,各色各样的花
成为各色的青春
雪被春日揭开
裸露出肥沃的泥土
时间像一场温暖而绵密的雨
灌溉我,呼唤我
把一个早已被抛弃的孩子
从遥远的寒极带回来
我看到背影后一枝青春的禾苗
正伸展它的身体
而我昙花倾情的血液
仅仅对太阳抒情一次
河流就干涸了

（二）

晚上在广州图书馆看书
突然想起你
那时你像旁边的女孩
托着腮想着什么,而窗外下着小雪

我在灯下写信

写的信比窗外的雪深

街上的行人很多

但我的心只有一个行人

雪慢慢地下

仿佛是你故意放慢的脚步

我画了一幅地图

在你经过的路上做出标记

我还抱着草儿

在深夜喂养一匹马

啊，那是一匹

永远也不知道归途的马

（三）

我尝试把时光倒在酒瓶里

然后给你打电话

告诉你，风吹过树木

吹着破晓前一张飘浮在空中的脸

我想跟你喝酒

想把囚禁的思念全部释放出来

可天暗下来又下雪了

雪因为寂静而变得愈加深厚

记忆中的那场初雪

那么美，纯净得不能再纯净

今夜的雪，像冷月的微笑

酒因为冷而挂在酒杯的内壁
仿佛泪痕，见证了从前时光的衰退
我搓了搓手，走出门外
雪，下得令人揪心
很多树木一夜之间变老了
它们跟我一样
现在满头都是白发

## 十月,你只留给我一纸契约

你的名字浮在夜空
如同一朵看不见的云
每次想起你
就骤然下一场雨
雨水漫延
仿佛要把我的心淹成一片泽国
寒露过后,广州的花海
以及满地的黄叶,迎来了我的荒凉
风过眼睛,所有的风景
不如摇曳生姿的你
就这样吧,请给河流一次汛期的丰盈
十月,我愿接受你的一纸契约
写一首投石问路的诗
写玫瑰绽放,写时光苍茫
写大海辽阔,写云在苍穹中隐退
而在你的故事里
我仅作为片尾的字幕出现

## 今夜我为你读诗

今夜,如果你也身处黑夜
我愿意为你读诗
读一首清淡如水的诗
让你老的时候
仍有牵肠挂肚的回忆
那时,即使我没有了牙齿
但还有喇叭花
我会用它唤你出来,在窗前屋后
默默地为你
读一首月光如水的诗

我要让夜的雾霭
化成心底里最初的遗忘
那时,我已经没有了奢侈的梦想
但风中仍有你的影子
在月光下陪伴我喝酒
我要读一首来自星星的诗
那首诗,是渺渺的眼神
是无声的婉转
是贫乏单调的三个字:我爱你!

我要悄悄地为你读诗
读一首一生只有一次烂漫的诗
就这么一次,读完了
就让今夜的思念
成为汹涌的江河

## 我愿意接受光阴的庇护

大海的浪花是风的俘虏
礁石垒在心里，不露声色
风，在我的耳朵
塑造了无数的声音
在黄昏，我把时间伫立成小小的点
有哀怨，也有火焰
我愿意接受这光阴的庇护
做一滴幸福的小雨
融入大海，让不眠的夜色安心
不强迫天空中的云
幻化出英雄的形状
如果此刻风能催生新的叶子
我将以树木的手
向风致以由衷的敬意
虽然有时候，怀念是一个伤口
但我愿意静候
等冬天的草木变青

## 眠空的花朵

就像一颗流星
向黑暗奔去
然后，把眠空的花朵
恩赐予一个
黎明
我愿意在漆黑的中心
看你的月光
在我的心
涌动

或许，我更愿意像天空中
温软云朵里的
一滴眼泪
一颗流星一样的眼泪
划过早已花容失色的夜空
而你像一粒炭火
以突然的
疼痛
划过我的心穹

我是一个在梦中追逐的孩子
我可以
在浩渺的
天空中
和天空一样空虚
远远的

我
和从前那样的你无言以对

这么瘦瘦的
一个我
和那么一个比我更瘦的你
在天空中
我和你
都无法填满
一个孤独的黑洞

我瘦瘦的
站在这里，比秋天的溪水还要瘦
而你
弱弱的
更像是从前
那滴
无法言语的
雨

你从我仰望的天空飘落
像是一支箭的小雨
击中我的要害
在一滴雨的声音中
我恨不得
做一束矢志不渝的光
穿越时空
把你的黑发
读成白发
即使耗费毕生
也要把你完整地读完

## 时间忽视的事物

很多年前的午后
望瞭岭的相思树
阳光晃动着细小的黄花
我惊讶于风的清纯
为自己的青春读青春万岁
六月的小城,风在跳动
那时,我们不知道更远的地方
有广阔的草原、森林和崇山峻岭

夏雨过后,我回了南方
你还在北方
你在北方说:"这里安静。"
你还在书信上说北方的雪很暖
我在地图上寻找
飞过长江,越过黄河
热切的眼睛
降落在另外一座城
我怀抱湿漉漉的语言
写下你
写下无数个比喻
情感汹涌,难以平静

去年的秋天,我回到望瞭岭

你的一草一木还在

相思树老了

桉树还散发着你青春的味道

那条无人把守的小路

曲折幽静

仍有小花在默默繁衍

而热血膨胀的语言

却对着天空，溃不成军

今天，我倚着黄昏

想起你黑发的蝴蝶

抚摸掌中一枚发光的银器

被时间忽视了的事物

像投入邮筒的那封信

无人收件

二十年了，于大地，你是一颗心

于天空，你是一双眼

我从梦中归来

你依然在北方，独自芬芳

# 虔诚

因为时间的信口开河
叶子纷纷落地
雪放弃了声音的雄辩
沉默的旁观者
足迹把天空拉低
接近事物的客观真实
对太阳的虔诚
是法律人的基本准则
在地球的最高纬度
星星一去不复还
可我内心明亮
对无法确信的言辞
不敢颠倒黑白,指鹿为马

## 请原谅我是你人迹罕至的世界

我是一个清淡的人
因为无雪
傍晚后便涉雨而去
今日的雨水如此靠近
乃至在伞下
仍然抵挡不住
一阵迎面而来的潮气
小雪其实很暖
宛如一个单薄细小的名字
即使很小心
握在手里仍觉得心疼
麦子熟了，心不再慌张
冬天，有些句子比叶子斑斓
色彩始终如一
自从迷上了冰雪
在偏僻的地带
来自温暖地区的风
不断地
吹进我的眼睛
但我的心

如同一块巨大的岩石
不再被风吹响
河水满眶，溢出了地平线
小雪，请原谅我是你镜子里
不能相遇的另一片雪

## 为一束强烈的光祈祷

我不是时间的提供者
鸟巢被风吹落
树木掩饰黄昏的悲怆
夜的星星向黑暗张望
突然,大雨如注
我不知道天空
竟然有如此大的伤口
哀歌截不住河流
喝酒的人,开始抽烟
向寂寞投放了大量的烟雾
山野之外
风在寻找自我的道路
醒来的白鸟,扇动翅膀
从一枝罂粟花飞往向日葵
从月亮飞向太阳
我遥望死亡
为一束强烈的光而祈祷
像刺猬一样
拥抱星光的锋芒

## 远方飞来一只萤火虫

星星从喉咙涌入
我与一只迷失方向的鸟儿
在昏暗的地方相遇
枯枝败叶的巢落满了时间的阴影
你或许看见了我——
一个偃旗息鼓在洞穴里的人
夜沿着我手掌的纹路款款而行
清凉的额头
埋伏着山川的壮美与静默
树木随风吟唱
昭示它们的存在与忠诚
我们与世间的万物难以割舍
在彼此道出名字后,又默然分离
远行者怀揣着指南针走出自己的道路
我身旁的陌生人
却对举世无双的残月恋恋不舍
他们用寂寞把自己点燃
像烧一根没有退路的香烟
我没有绝好的伪装,远方飞来一只萤火虫
把我漆黑的身体照得通体透明

## 母亲的时光

雪,降在城市的细小角落
途中,她只跟父亲说过几句简短的话
寒风和她额头上的皱纹
盘旋在灯光不能映照的公路
呢喃的细语铺成跑道
飞机恍如从镜中飞过的候鸟
她搬来一堆书
仔细地辨认灰蒙蒙的世界
在野火燃烧过后的麦田
我看见一粒粒灰黑色的字
从她的嘴唇滚下来
那一瞬间
我才知道,母亲的时光
在天地之间
如同雪的纯洁与寂静

## 时间与海水

我想用一次划桨的声音
打破水面的平静

但你似乎是水底里的一块石头
你静观一只只船从水面游过而无动于衷
我因此想起
一朵花对结果的预言：凋谢

此刻，太阳照耀着我 —— 你有眩晕的美丽

我不知道自己应该有多重
才能变成一块石头，沉入你的心底

这冷水的疆域与寂静辽阔的情感
是木桨难以理解的

永久的，你把我看作宇宙的一个星球
因为那是另外一个世界
正如你独立于我，独立于时间无限的海水

## 深色的年龄

那些消失的,早已消失
像流水,像不可触摸的时间
像一种死去的高贵
外面的空气越来越薄
影子判若两人
相互依靠,又相互虚构
我是如此害怕黑暗
即便是做梦
也要紧紧地抱住冷冰冰的阳光
头颅已经很低了
可额角,还是一次又一次
被更低微的尘埃撞伤
你说我会遇见一匹马
可我偏偏遇见一条在戈壁上
不能自由呼吸的鱼

## 与青春说再见

直到有一天,下了一场雨
我再也见不到那朵云
尽管过后窗外依然有云飘过
但与在六月所见的那一朵不同
如今,有人在这里站着喝咖啡
有人在看书
万物找到了各自活着的方式
我像一只未曾脱壳的蝉
发不出任何的声音
十二月,我因为想你而更加无力
我无力抹干泪水
无力把窗外的那朵云揽入怀中

## 消逝

这场雪是如此的弱小,乃至一条河
被时间轻而易举地截留
你因此一半是喧哗,一半是安静

那些深渊般的日子啊

我疲惫不堪地爱着,宛如一粒草籽
落入干旱缺水的草原

其实,一切早已注定
就像自然界的死亡不可抗拒

## 为了像一朵雪花的抵达

那些转瞬即逝的情感残骸
如今错落有致地
分布在我肉体不显眼的角落
病入膏肓的书信
已成为时间的一撮灰烬
请原谅我澎湃的初衷
原谅我不敢叫醒一只冬眠的昆虫
没有语言的过多铺陈
那年的冬天
为了像一朵雪花的抵达
我积攒了这一生

## 毕生

我不喜欢时间这么快退潮
剩下一个名字
如贝壳在这里孤独
我喜欢在座无虚席的地方
只有你的眼睛盯住我尖叫
风不知道归途
阳光的洪流经过，我成为沧海一粟
不管是在此，或是那山重水复
我仍能与你相遇
在饥不择食的午后
愿渺渺的光流入你的囊中
对着青草的你
我可以许下种子的诺言

## 领地

太阳注册了一片天空
月亮停留在村庄
远处跃出一匹小马驹
追逐星星流离失所的灵魂
无形的怀抱突然张开
黑夜掌控了
我的语言、我的身体和我的领地

树木以长时间的沉睡应对寂静
生命的色彩十分奢侈
却无人看守
你终于成了你的寂寞
开往竞技场的列车
跟所有的生命一样
将成为路途的永恒秘密

## 你以纯洁赢了世上的虚无

当影子
消失于眼角的皱纹
当无限的思念
流经早已伪装好的暗角
然后从你的眼睛
洋溢出来
你终于以纯洁
赢了这世上所有的虚无
你终于以时间的忠诚
摧毁了我
每个词，燃烧起来
都是烈焰
从雪花的飘落处
从容谢幕
有关风花雪月的故事
是酒或是怀念
从此波澜不惊

## 时间的遗址

我们走着，春天就消失了
就像当初春意盎然的青春
在时间的遗址上静默
对一树月光拥抱，时间如雪融化
麦子被风吹走了，甚至是黑发
阳光此刻照亮了果实，使眼睛灿烂无比
海水淡化了黑眼圈
秋雨去了另外一个孤岛
那个孤岛也是我特别想去的地方
有雪静静地飘，天地透明
那里，有些寒冷的温暖是我想要的
可是，我在南方
南方什么也没有，寂寥得只有一波
接一波的冷空气
棉衣和羽绒服都是多余的
除了内心早已成熟的秘密
我也是多余的
风关上了幽暗的门
风吹着方向明确的时间
有些花朵的孤独终于如愿以偿

## 深藏在语言的背后

我在自己的肉体里想象
惊喜地度过了夜的寂寞
像一只白鹭
你飞过我雪后空虚的镜子
深藏在语言的背后
我看到风暴已突入你的眼睛
如千万匹骏马
奔驰过语境无限的草原
雪是青春的
从白天到黑夜
我是这个城市的流浪者
渴望在斑马线上遇见你
在那里,我将无所畏惧
不再是电影中的爱情
只有匆匆一瞥
这就是我不愿意诉说的部分
以及内心独一无二的风景

## 在海陵岛

在气候宜人的海岛
我深沉地睡着了
我梦见婴儿的手高过太阳
那一刻，我的眼
涌出了浪花
不与风争世俗
不谈论事物的高深
我只笨拙地磨一把刀
砍朴素的枯枝
捡拾被命运踩过的落叶
在白云上节省开支
过隐居生活
在石头画激情消退的茅草房
在淡泊的月亮写缥缈的诗
不像蝴蝶
遇上小花就欣喜若狂
我保持漆黑的冷寂
像水的流淌
只满足内心河床的渴望
欣然接受时间的精雕细刻
在每条皱纹的沟壑
我渴望雨水
在河面上纵情跳跃
让血管注入清淡冷静的阳光

## 我愿意化身为海

在岁月的树梢上
已够清冷了
我渴望浪的推波助澜
你说,有夕阳的日子才美
于是我等待雨水光临
有了雨水
无需淼淼的语言
小片的海
就足以让我晕眩
从一朵花蕾开始
所有的清高和矜持
将分崩离析
没有比沧桑的诗歌更抒情了
要是拥有一次毫无吝啬的温柔
我愿意化身为海
寻找你一双闪电的手

## 流离失所的灵魂重返天空

松软的泥土
吸尽了人间悲欢的泪水
流离失所的灵魂
重返豁达的天空

太阳卧倒在云层
躲避飞扬跋扈的灰尘
海水不知疲倦地燃烧
暴雨扑向海鸥

你在远方一直保持沉默
如大地的一无所求
如一片叶子
在阳光中安静地深入浅出

## 别问抒情的火焰

时间如巨鸟张开翅膀
喜欢的事物投入了天罗地网
万物无邪，隐蔽的泪水
使植物锈迹斑斑
月亮离群索居，星星躲避太阳
除了面包和牛奶
别问我抒情的火焰
爱已灼伤了情感专一的词
书桌上，怀旧的照片
突然趁虚而入
劫走了我漏洞百出的心

## 生命是自由的短暂幽居

有些事情是要忘记的
比如一只鸟,把黑夜当作白昼
四季如春的唇
吻不到高高的月光
眺望的意义
就此完成了一段思索的历史

在行星之外
理想透露出降雨的乌云
风释放了树的阴影
山峦走过的距离
是小小青蛙的一次欲望跳跃

当七月逃离了绽放的天空
我听到秋风
在颤抖的身体哭泣
没有人能逃脱时间的蹂躏
如同花朵的凋谢
如同青春离别果实
生命不过是自由的短暂幽居

## 心潮

那些在黑夜里凝视我的石头
丧失了手和眼睛
没有想象力的冬天,太阳
照顾几只正在寻找食物的麻雀
雪以它的白
早早就按照自己的喜好
把城市切割为黑白分明的区域
汽车和船各行其是
被雪压断的树枝静静站立
等待下一个春天
美术馆迎来了几个不速之客
他们对古老骨头的兴趣
甚于价值连城的青铜器
窗外的天空,像巨大的漏洞
没有什么东西可以去填补
光是暗淡的,曾经浮云如马
现在,一切事物
仿佛失去道路和方向
雕像成为时间的木乃伊
雨水经过滤镜后变成了灰色

一只流浪猫的眼睛特别明亮
那一定是被无数泪水洗过的眼睛
我对它暗起敬意
我渴望拥有它的眼睛
不管多么黑的夜,什么都能看见

## 雪落在没有邮票的信上

这些年,语言暗暗发芽
如一场找不到替身的暗恋
深入不知名的海域
有海水
流经饥渴的喉咙
消失于剧烈的疼痛
最后一次
雪落在一封没有邮票的信上
所有的句子都没有声音
像炉火燃烧后
向山河展示灰烬的寂静
绿草转枯
故事毁于灯盏
热情洋溢的泪水
在心腔找到了最终的归宿

## 黑暗是光的源头

月光是孤独的
但绝不是唯一的孤独
它在黑暗醒来
使世界洁白无瑕

今夜,我在月光中复述自己
做独立的殉道者
空壁上的光,还有摇曳的影子
裸着双脚
走向命运扎根的原野
从众多的枝节
找回落花流水的日子

星光滑过皮肤
在脸上留下了灼伤的红斑
憧憬和幻灭,沉溺与苏醒
彗星撞击地球
生命终究以不朽回归大地
黑暗是光亮的源头
把信仰的骨头磨得锋利无比

## 有月光的地方不适宜收割

面对天空一张空虚无度的网
森林，大地的头发
把一双明亮的眼睛覆盖
世界并不像我这么寂寞
除了钟声和色彩斑斓的叶子
还有流水的声音
而作为一片尚未诞生的雪
我蛰伏在蝴蝶的梦里
北风比你来的时候紧了一些
江水瘦了很多，但清澈明亮
鸟儿从它的上面飞过
它们都看到自己自由的翅膀
而我却没有
这个冬天，黑夜尚未打开白昼
果实却与树枝无声诀别
因此，有月光的地方不适宜收割

## 从最漆黑的一点慢慢出发

从最漆黑的一点慢慢出发
这是我最初的出发点和落脚点
你从远方撑着一船的歌声慷慨而来
两只手,在迷雾中像两片
摇晃不定的小帆
在航道的深处
我如森林倒影般平静
水面如一块巨大的玻璃栈道
光在上面滑行,如同无数的滑雪人
从空虚的尖叫声中一闪而过
此刻,光接纳了所有——
我的错误,我的青春
还有我在微博上你看不见的爱情
我是如此的细小,被光
映照得比麦穗还要饱满与通透
这是我最初的出发点与落脚点
当黑夜再次降临,我如饥似渴的眼睛
便拥有了一束自我更新的光芒

## 时光不能穿越我的年龄

我也顺流而下
河岸沉默
怀念一条沉没过无数黑夜的河流
白夜赤裸,在行人的脸上找到了安静
影子与马在沙漠中跋涉异乡
而你,沐浴着虔诚的雨
在敏感的泪水中躲开众人分辨风的方向
命运的暗门如向我绽放的玫瑰
我没有向它表白,倚门看一束细小的光
艰难地爬过石头回到了时间的真理
我没有任何不可泄露的秘密
正如时光永远不能穿越我斑驳的年龄
世界是多么的抽象啊
现在,我在生命的沼泽地里耕耘词语
不在荒凉的月亮上种树
不向寂寥的天空撒网捕捉星星

## 我所知一块巨石的性格缺陷

戴上黑夜手铐的各路神灵
对黎明前的一块巨石熟视无睹
只有我对它心生崇高的敬意
比生命更冒险的
是自由熄灭了，灯还在黑暗中摸索
今夜，闭上眼睛
穿梭于时间的开始和尽头
我梦见巨石用坚硬的疯狂
忠于一只不死火鸟的心
因为我所知的性格缺陷
不免会被谎言所困
在通往抱朴守真的路上
我难以成为伟大思想的见证人
因此巨石的沉默也是我的沉默

## 无法爱上事物的阴影

我无法爱上一切事物的阴影
一匹马
深陷于时间的泥潭
但眼睛没有丝毫的绝望
它抓住天空的云朵
迎接雨水
坚守意识中的自我神性
这么多年过去了
这匹马
常在深夜与我的灵魂对话
昨夜,我梦见自己
与陷入时间的马一模一样
在江边饮水
河滩上落满了星星的碎片
黑暗,光明的里程碑
一匹匹马飞驰而过
醒来,我惊喜地发现一群幼小的马
围着自己流着熟悉的眼泪

## 理性的沉默

深夜，扶着墙壁找自己的影子
它时而远，时而近
有时因为一道强烈的光而逃逸
留下稻草人隐身于冥想
语言的雨在徘徊与摸索
偶尔以飞翔的姿态栖息于丛林
太阳刺眼，澄澈的眼睛
沉浸在夜的万籁俱寂
灵感是活灵活现的
但我不能书写
书写者握着火把
在发烧的岩石上跳舞
野猫与另一端的星星纵情相悦
自由是理性的沉默
虚无的你已沉入时间的水底
但我不能浮出水面为你发声

## 时间从未抚摸过黑白照片

从前闪闪发亮的模样
距离我已经很遥远了
你在阳台淡定地喝着咖啡
阳光是稀薄的
我换了无数个姿势看你
你的头发
像瀑布泻在椅子的背后
今晚,月亮竖起梯子
爬上你的眉心
一棵桂花树
从你的眼睛伸出枝丫
我闻到了
月光中桂花的味道
想起那个凉爽的秋天
你穿着黑底白菊花的裙子
从我的镜头摇曳而过
可眨眼间
我们的青春从嫩绿
进入了褐色的森林

## 你轻轻地唤我

窗外下雪的时候
你有资格叫上一个嫩绿的名字
比如你轻轻地唤我
除却一些杂念,一些寒意
当然,更希望你
透支深夜的寂静来看我
带着炉火的暖
和酒后的蒙眬醉意
你要把诺言烤成金的颜色
我舍弃全部的羞涩
借助一朵雪花的动力
在你的嘴唇滑翔起飞
如果有暗河
从你的眼睛痛快地流出来
你应该知道,把河水
划得哗啦啦响的人是我

## 手握一片月光

我习惯在膝盖上
放上你热气腾腾的手
更渴望
另一只手在它的上面
最黑的夜
你的名字色彩
不因语言的消逝而褪色
月光处于
情感涌动的萌芽期
温暖的一天
漫过地铁
涌入了时间的地图
那些曾被你爱上的沙子
在海岛聚了,又散了
为了让你
拥有比黑夜更漆黑的眼睛
星星,在我的手掌
现已全部熄灭

# 远方已冷

从一次呼吸的庇护开始
她的气息独成气候
积雪在等待太阳的许诺
月亮写满了名字
只有思念的泪水才能阅读它
我知道,远方一直在远方
每一页发黄的纸
是寂寞的土地
有低低的声音从耳朵滑过
雪是热的
留下记忆的一鳞半爪
那远方的远方
即使我动用一生的温度
也孵化不出她眼神的温暖

## 有时候我会怀念武汉的一场雪

四季的衣衫渐变颜色
而你夜幕下的霓虹依然唯美
只是月亮瘦了
瘦成我剩下只对汉江路满地月光的思念
把天空之城还给一只候鸟吧
今夜，我要打开身体，等待一场暖雪的到来

## 在河流的深处

贴着城市的墙壁走，青砖斑驳迷离
夜在她的身上寻找光芒
而我以淳朴、腼腆和感恩的心
在一树的樱花寻找诗歌
江滩的泥土弥漫着她芬芳的气息
我深爱着——她的泪水、芦苇花和敌人我都爱
在时间的源头，江水早已流经我
并使我完整，因此，我什么都不曾流失

## 河水渐宽

云在眼睛视野的末端跳舞
雨开始致辞
提醒我们要做时间的漫游者
风保持平衡的姿势飞舞
向如饥似渴的眼睛播种翠绿
青春在裸露的岩石上燃烧
太阳穿越雪的火线
奔向广袤的原野，点燃卑微的荒草
唤醒虚弱不堪的山
当河水渐宽
生命从喧嚣进入安谧
不朽的天空
隐身为各色的沉思默想

## 你的眼睛是一片冰湖

你的眼睛就像一片冰湖
碧蓝而纯净

风,把心吹得千疮百孔
我要停留多久,才能吮吸你目光的暖

匿名的日子
乌云在不眠的天空中流泪

我躲在一丛黑发的背后哭泣
渴望在夜里与你相遇

像一滴泪水拥抱另外一滴泪水

## 雪落在晚熟的季节

世界并不完整
每个人的毛孔
都有不敢抚摸的伤痛
风吹进来
塞满了受寒的怀念
北方的雪
落在晚熟的季节
灰色的鸟
从寂寥中飞出
记忆是一架不断轰鸣的飞机
从无限的地方抵达
风始终保持自由的姿势
从黑夜收获光
直到裸雪
从流干眼泪的火焰消失

## 一首诗歌从想象中逃逸

星星熄灭在黑绒布的背后
月光穿过想象的森林

落在我的脸颊,变成温暖的柔软
你对着郁金香没有说话

微风与发丝纠缠在一起
微风与藏在我体内的玫瑰互表爱意

甚至眼神也是爱的无声
在月光里闪烁,比微风更懂深情

终于,比我瘦弱的叶子
飘落在纸上,如你看不见的尘埃

我忽而想起纷纷的雪
是冷冷的柔软,落在秘密的寂静

我们在长椅上做梦
迷失于光怪陆离的欢欣

现在,所有的瞬间都不能重复
对回忆的咀嚼,对光阴的虚掷

我无法弯腰亲吻地上的月光
无法在黑暗中吻那个结冰的影子

## 黑白键

时间的黑白键

演奏着

西风狂飙突进的短歌

向日葵

凡·高最后的一枝植物

站在

繁华的十字路口

星空璀璨

却无法诠释

黑键与白键的沉寂

太阳

没有在树枝上

留下花蕾

空气在逃逸

海水

抓住了一无所有的手

你被卷入

逃亡的漩涡

## 我爱你早春哭泣的花朵

海水因为宽容
诞生自我洁净的能力
空气供养血液
使花有机会向太阳致敬
在万千的气象中
我找回了
从前仓皇出逃遗失的微笑
当乌云密布的天空
露出思索的眼睛
当匆匆行人的脸庞
迎来晚来的冬雨
我爱你早春哭泣的花朵
砂砾、海水和落叶
这些生命中不可缺失的部分
就像时间坠落的果实
生疏的泥土
对它永远不可战胜

## 我被秋的风爱着

我被爱着，被一个秋的风爱着
它给我一个暖暖的拥抱
我被这样的秋爱着
吉他声响起了，温柔，和着风的声音
那些节奏是爱着的
有些知觉没有了爱的意义
唯有依依不舍的风吹着热烈的我
不断地吹着，仿佛这一生
最大的慰藉就是被这秋的风吹着和爱着
我只剩下孤苦伶仃的双手
深情而颤抖地弹着你
风吹着你的头发犹如吹一片深情的水稻花
这秋的风，从白发中浮起
是来自遥远的你对我低声的欢呼
我无法摆脱一个芬芳的念头
只能卑微地乞求
这秋的风，原谅自己的一无所有
我被爱着，被这秋的风爱着
它轻吻我的额头，吹走了我微凉的泪水

## 与镜子同样明亮的眼睛

难以置信的是,深入骨髓的命运
被一束阳光穿透
在身后,因为风雨的猛烈推动
巍峨的群山飘飘忽忽
我深入浅出于一种幽暗,一种灿烂
与镜子同样明亮的眼睛
无惧时间的黑暗
废墟上的教堂
不断传来白鸽喜欢的福音
躲在身体的内侧倾听自己
热烈之下,冰层开裂
有一片枯叶
辗转于光的忽明忽暗
再次返回大地
我宏大的沉默对此无言以对
几只虫子在缓缓爬行
要去远方完成一场葬礼
迎风舞动的茅草
躬身为冷静的旁观者

## 沉默歌者

从崎岖的身躯,一条河流
漫过胸膛离我远去
那是什么样的日子
河水会以这样的方式
淡定流过
让不羁的眼睛
遥望高山
遥望一束飞逝的光线
当太阳
沉没在黑夜
当生命的炊烟
隐忍缄默
沉默的歌者
在斑驳的墙壁
如蜘蛛
编织无人仰望的春秋
野草倒伏在前进的路上
月光透过窗棂
挥洒淡然哀伤的清光
我和沉默的歌者
握不住一朵
被怜悯装饰过的忍冬花

## 哑语

你是夜里最深沉的哑语
是一朵沾满了孤寂露水的野花
你是空中不可触摸的楼阁
是粼粼的怜悯
是我意志消融的冰雪
你吸尽了所有的暖
却从未给予我万物生长的春天
你如流水无孔不入
是我灵魂最初和最后的统治者

## 告别 2016

2016 年,时间的一瞥
在胶片上曝光
生活时而繁华,时而落寞

赶海,写青春年少的短句
旅行,看被风吹响的天空

以太阳的慷慨布施
以秋收的盈满告慰

用微火烘烤理想
追求一毫克的正义

十二月的尾声,北方飘雪
十二月的尾声,南方装满了阳光

花开花落,云舒云卷
青春当歌,以酒吟唱
接受自己一本书的骨瘦如柴
清新淡雅
幽静脱俗

玉壶光转,灯火阑珊

顺着江河走四季
敞开胸怀采月光
作为时间的
流亡者
每个人都是一座城
从爱出发
择一人，终一生

## 你的脸是一朵花瓣

你的脸是一朵花瓣
比风有更多的词语
黄花风铃开出了旺季
掠过嘴唇的头发
有风的姿势
月光把思念晾在窗台
它们通体透明
像眼中重复出现的泪水
小说、音乐和明信片的童话
回到了大雪纷飞的传说
想象你用最纯真的口吻跟我说话
眼睛一闪，一闪
但从不抵达
如同马路上的一串流光
消失在车尾灯
撞击后的新鲜碎片

# 孤独者

白昼从瞳孔出发
最后跌落黑的深渊
你可以做思想的坚定者
摇旗，呐喊
以一缕阳光箭镞的锐利
刺穿荒谬的胸膛
你一再服从自己
不迷恋任何不可见之物
把流水注入时间
让心的宇宙拥有汪洋
除了对青春的敌意
除了从隐痛中突然苏醒
孤独者，渴望
有一张明镜般闪亮的脸

## 偷渡

我祈祷一见倾心的仪式发生
祈祷酒的清心寡欲
祈祷疲惫的慌张
变为河流的辽阔和高山的从容

我不要无耻的迷惑和颠覆
而需要倾泻的河床
与离别的月光

此刻,我要偷渡时间
从思想的塌陷中解脱
让裂变的精神
藏于源头如饥似渴的想象

# 从前的肖像

你未被修剪的发
是我生命的全部根源
野花与森林
大海与河岸
峡谷与高山
一个灵魂酷似另一个灵魂
从隐秘闪出
如清幽的月光
你落在我温暖的手掌
却不可触碰
潮水退去
一条游鱼搁浅在沙滩
风，吹向空虚
风吹向一张破碎的网
山脉沉寂了
时间和流水都沉寂了
经过无数的眼睛
我未能被相遇的人看见

## 我漫过天空却没有漫过你

太阳坠落在地平线
语言比身体笨重
我漫过天空却没有漫过你
时间打不开锁
我逃到不可逃的岛屿
在没有梦的地方
我重复旧梦
独木舟准备好了
无数的鱼
尾随你诱惑的声音
寻找新鲜食物
我止于深深的河流
止于忘情的呼吸,止于心的沉没

## 我欠下一个对你春天的拥抱

早晨的雨水是干净的
它们从遥远的地方
到达渴望已久的唇
我被一个叫作雨的名字唤醒
透过窗户
我看见无数的事物
从不能孵化的土壤走过来
陶醉于某个音符
即便是一片枯萎的叶子
因为你唤来的雨水
恢复了它生机勃勃的灵魂
如果你不说
如果不是因为一刹那的颤动
春天就不会穿着花朵的鞋子
到处寻找你
爱人,这个早晨
我何尝不是因为你的深情
因为这些情不知所起的残雪
我欠下了一个
对你深深的拥抱

## 倒影

你见过的黑马
只会在电影经过
英雄的细胞
畅游于血管
月亮在黑夜的襁褓沉睡
生命其实是个陷阱
如果星光跃不过
理想就会胎死腹中
当露珠
淡化了黑眼圈
眼睛流干了
自我的海水
你终于成为落日的余晖
成为无以停靠的船

## 那蓝，饱含着我诚实的泪水

天空那么蓝，如同一双深渊的眼
如同无孔不入的思念

我一边看蓝的天空
一边读一个叫作云的女孩的诗
低处的海水，是蓝的
但觉得那蓝缺少了点什么
我想了很久
却说不出来
在时间的出入口
一条鱼从我的嘴唇游过
没有涟漪，寂静
就这样，我默默地度过了整个上午
天空依然很蓝，万里无云

那蓝，是寂寞的、疲惫的、寒凉的
那蓝，是孤独的、忧郁的、饱含着我诚实的泪水

## 没有人喜欢我荒芜的天空

从雪地里腾空跃起的肉体
在冷暖交替的墙壁上远走高飞
阳光把全部的热情
凝固在泥土
鞋子一生忠贞于奔走的脚
我对青春这个词的敏感由来已久
它总是隐藏或容忍着什么
就像我的眼睛
与罂粟花彼此相望
在未中毒之前
意外地爱上了一匹马
作为异国他乡的另类鸟
我绝大部分的时间
是活给山丘、田野和森林看的
其余的是呼吸入肺的寂寞

## 幻觉

我已丧失了明亮的想象力
风带走了鸟巢，带来了空旷
那只常常在我窗台上觅食的小鸟
现在一声不响
它的翅膀放弃了风
每根羽毛显得特别安静
尘埃在光线下暴露它们的渺小
或许是因为身躯太过微小
所以，它们总是比我
更容易在隙缝中找到安身立命之处
照耀黑暗的光
这时照耀我无处藏身的影子
像一只色彩斑斓的蝴蝶
有个眼神从遥远的地方冲了进来
但它并不想捕捉我
它在我指尖上盘桓了很久
飞走了，还是蝴蝶的模样，翩跹，美丽
没有留下任何痕迹
如同一段消失了的肤浅回忆

## 世界的另一端是陌巷

从一阵哗然而至的风开始
我们忘情于一体的姓氏
在镜子的后面看你,八月空空
地平线尽头的巷子
全是季节无法诠释的落叶
阡陌纵横,我们
无法站在鸟的翅膀上去俯瞰
那些清新自然的主义
你已经抛弃
我也是
隐居求志,必须
给一幅画添上浓墨重彩
渲染心情,把诗句从一本书中搬走
给野菊花浇水
劈开鬓角,再一次种植水稻
我用手掌覆盖荆棘
在冷静的时间里挥霍热血
黄昏和黎明随意来临
你也随意绽放,可是我没有勇气
奔赴理想的秘境
我只想安安静静地睡觉
想在水面上漂浮
最好能与你欢梦一场
十月,你一定会在一条巷子里与我相遇
除了这条巷子,我没有藏身之处

## 为追赶隐形人，我一直在披风奔跑

当世界以怪兽的面目出现
时间因此失眠
太阳因为一道彩虹的回归喜极而泣
山丘潜伏在河流上
就像我所认识的每一个人
他们的影子
因为青春而拥有随意迁徙的自由
匿名的橡树，把粗糙的根
扎入我的骨骼，如今盘根错节
一切都无可泄露
三月的梨花已在你的眼睛开过
果实寂寥，风猛烈地吹麦穗的旌旗
但我身体内部的谜团，不适合迎风招展
为追赶那个心中的隐形人
多少年来，我一直在披风奔跑

## 洱海的风

我去的那个地方，叫洱海
可你纹丝不动
所有的风对着我吹
流不动的眼泪
堵塞于心，形成巨大的堰塞湖
假如你在洱海迷失
绝对是我最好的时光
酒泛起淡淡的清香
你冰冷的名字
在我的抚摸下渐渐变暖
雪，不在梅里雪山
雪在苍山燃烧
你应该知道，只有在冬天
我才有机会
在深夜爱上一场雪

# 影子

## （一）

时间如一瓢水
今夜究竟涌上了怎样的潮汐
让脸颊如此热烈
又如此的湿润
季候风如约而至
你，是我应运而生的影子
黑夜是你送给我未来的扉页
有浪和礁石
而记忆是一种迷局
我漫无目的
在你的影子周围徘徊
走入了荒原的眼帘

## （二）

在南方的夜
我喝月亮酿的桂花酒
穿月光的白衬衫
回忆你每一个声音
回忆你淡淡浅浅的微笑
比河流更深的是寂静

热爱与忠诚

在一朵花上睡眠

我看见一只白鸟在觅食

淌泪的人，患上了妄想症

阅读你的背影

顽固不化的石头因此受孕

在山重水复的路上

我踏笙歌而行

（三）

爱你翩翩起舞的影子

多么美啊

虚无蓝天上的一只鸟儿

随月亮的清澈之光

栖息于我的心

肆意的风

把天空当作陆地

失意的晚霞

在犹豫不定的山谷

思念森林

（四）

捕捉你的影子

如同捕捉黑白交替的无眠

用火镶嵌眼睛

更灼热和无畏

清晨沾着露水，蝴蝶飞了
蜜蜂向虚幻的玫瑰
从容投降
如同水面上
漂浮话语的沉没

（五）

在铜鼎的执念与你的黑发
之间，上帝发现
一条被荒废了千年的路
然而我的梦
在这深渊的黑夜里
即使深怀绝技
也在劫难逃
因此，我藏匿的蓝色忧伤
与礁石相遇
化作与浪花相拥的生死恋

（六）

仿佛是凋谢的花朵
在秋天
完成了选择的使命
仿佛是一次沉默已久的凝望
留下流水疾走的痕迹
仿佛是抬头
看见月亮漂过冷寂的夜空

你不再关注我的风景
此刻，思念的烈风
从黑夜的心脏轰然穿插而过
犹如一匹脱缰的
野马，送走了
我无处安放的残梦

## 所有的岛屿很孤独

收割后的秋日平躺在大地
跟天空一样空虚
你说过
所有的岛屿都很孤独
秋风穿越冷峻的河床
草木凋零,河水干瘦
酒解放了身体
被黑夜囚禁的灵魂
倚靠一堵墙
开始了漫长的思念
宇宙的一切因你而停歇
呼吸是流动的
河流和崇山峻岭
被你的气息
吹向一个广袤的空间
雪花纯洁,冰川耀眼夺目
海水的蓝亲切临近
在那片野性的、远古的草原啊
我被你的花蕾引诱
夜里翻来覆去,星星无声坠落

## 我喜欢今夜这寂寥的荒凉
——写给 2021 年

眼泪在时间的眼眶里打转了很久
终于被干枯的树枝摇落
海的蓝，天的高，风吹出的纯净
将在黑夜的无眠中失去

没有说谢谢
一切美好的事物都如此
肉体不需要太多的温柔支撑
灵魂在音乐中翩翩起舞

而怀念，像一场不辞而别的雪
落在沉默的炭火
化作一缕淡淡的青烟

我知道你善于寻找与告别
我知道你善于看淡与宽容
可道路依然曲折
甚至连梦都是雨夹雪

飞鸟在失去暖意的石头上默默啄食
我和你是多么渴望天真无邪啊
可世界极易支离破碎

因此，没有雨会为沙子而哭泣

于是，你陷入回忆
不曾燃烧，就展开漫长的孤独
我们只能从秘密出发
让自己像冬雪
落在荒原、山川和嶙峋的瘦骨上
更低处，尘埃找到了自由的翅膀

因为踩不死英雄的影子
梦马把渡过的河流归还了大海
这一年，你翻耕、收割，反复种植
这一年，我吐故、纳新，死而复生

今夜，你有太多的颂歌与爱情
今夜，我喜欢这寂寥中的荒凉

## 五月是一条慌不择路的河流

五月是短暂的
它来不及把沙滩上的脚印收拾干净
便跟着一往情深的海水漂走了
我躲在一块石头里
想做一只小鸟——
一只原来不曾被你的梦
所孵化出的小鸟

对于山涧平静的流水
五月,是一条慌不择路的河流
它借助迟来的春花、碳木的灰
和晚风中飞扬跋扈的黑发
送走了我青涩的季节
以及短暂得
如同一场急雨般的爱情

归来时,我挡不住海藻的缠绕
有些雨长久地滞留在我的心
在泪水闪烁的瞬间
我青春的五月啊
仿佛从未开始就已经走远

## 月光下的约定

我跌落月光如水的陷阱
当月亮从你的眼中升起
海水呼唤你的名字涌出
从最先到达的雨
到秋风翻滚过的烈焰
贫瘠饥渴的土地
把万物吸进了热爱的肺腑

今夜,这青果色的月光
不燃烧殆尽
我就无法从月色中苏醒
秋风像多情的呼吸
飞过纯净的天空
在更高的地方
我与星星并肩而坐

你通过抒情的湖水
把露珠的灵魂
引向和光同尘的天堂
我往后退

退到了月光的无限
仅仅是一刹那间
因为你纤瘦的背影
我把月光从心全部搬出
从此，一尘不染去爱你

## 在小雪尚未到来的时辰

沉默久了，没有人相信时间会延伸成道路
没有人想象我与你最近的距离
是一丛火
当你的眼睛电击我的心脏
苏醒的太阳把荒凉引入了大地
其实我也是无声的
在小雪尚未到来的时辰
你呼唤萤火虫开始长途飞行
降落在生命的低微之处
你的思想，像阳光亲吻我粗糙的额头
没有使用花言巧语
你只用一个最简单的词
教会我面对黑暗也能开口说话

## 这世界的寂静

这世界的寂静，是冷冽的
天空的一半，也是大地的一半
夜像巨大的钢琴
迎接浮游在月光里的鱼
它们的自由，属于远阔的山河
作为人类的一员
我一直在仰视，沉浸其中
现在，你见过的白鸟
抱着阳光飞向丰收的麦田
黑鸟永远在黑暗之中
历史成为众神了如指掌的过去
雨的哭泣被你谎称为音乐
在日间消失，又在夜间重返
我汹涌的欲望因为呼吸困难而隐隐作痛
于是一只小鸟的沉默
忽而也是整个世界的沉默

## 深夜读信

在荒野捡拾灿烂的词
我随着另外一群鸟儿
进入了记忆
进入一些雪落的青春
那个曾经灼烧的心脏
那些时间的炭火
在经过几段
虚弱的长短句之后
已接近情感的尾声
苍白的雪
江河上一场死去的暴雨
以及玫瑰的花朵
危险的想象
都逐一与我分手
连你，入夜后也杳无音讯

## 只有风才是青春的牧马人

我喜欢翅膀夹带的白云
喜欢你来去匆匆的潦草文字
挤满我的五脏六腑
更喜欢礁石露出海面的孤单
恍惚中，那些书信
离开我已经很久了
借助远方的云山诗意
想象一匹白马
在我的眼睛饮水
在那迢迢的青山背后
只有风，才是我青春的牧马人

## 那冷冷的或许是雪

我兀自独坐一隅,有些冷
想象你在我的脸
喷出暖暖的气流
只是很快就天亮了
时间如列车
经过明亮的隧道
驶向荒漠
而你,如窗外一棵黑漆漆的树
闪身而过
十二月,剩下的暖已一览无余
没有人怀念我的炉火
南方退潮之后
北方的天空河流枯竭
街上,空心人像风一样悄然走着
眼睛燃烧着叶子
在湍急的人流中
我被你冷冷而来的雪遗忘

## 只有思念的铁轨才能抵达思念

树和天空离我很远
风吹着珞珈山
2008年的冬天，你的唇零下6℃
车站上只有一个人
空荡荡的广场
我如一张白雪皑皑的明信片
找不到投递的邮筒
虫子们睡着了
一只鸟，冒雪去寻找另一只鸟
风在速写褐色的树叶
黑夜容纳了所有的人
却没有容纳我
作为奇异的旅人
我流浪在你
没有出现的城市
昏黄的灯光打在脸上
浏览了有同样渴望的枯枝
列车悄然驶入
把你的语言洗劫一空
我像一棵树
远远地望着另一棵树
那年的冬季
世界抽象得仅剩下一种颜色：雪白
词语失去了意义
只有思念的铁轨才能抵达思念

## 青春照耀你时我有梦的炊烟

时间废弃的小路
铺满了枯枝的残骸
漫长的等待
与葡萄酒晃荡眼神的慌乱
你以流亡者回归的眼神打量我
赞美我不悲不喜的高傲
然后消失
宛若一盏被上帝遗弃的灯
眼泪因为悲伤急转直下
你用沧桑遮挡绝望
灰鸟降临这个故事家园
让英姿焕发的影子
卸下叶子伪装的面孔
青春照耀你时我有梦的炊烟
我们欢聚在一杯残酒
声嘶力竭地把熟悉的歌曲唱完
突然，发现自己
更像一粒尘埃走投无路
黑夜是如此漫长
而精彩只是瞬间

我们在这边与一些事物说再见，
又在地平线上的另一端
与它们拥抱重逢
如一朵飞行的雪花落地
触动了我内心低吟浅唱的河流

## 河流的右岸

即使是覆盖着冰
河流下依然有暖
像今天的早晨
暖雨落下
经过我的眼眶
它停留片刻
从清纯的日子滑出
我忽而想起你的背影
想起青春
想起幽居于
荷塘月色中的爱情
再深的眷恋
如一丛忍冬花
在泪水
与贫瘠的语言间
白了，黄了
从此跟暖雨同样陌生

## 你形而上的爱碰不到我的唇

今夜，没有马的嘶叫
今夜，雨开始无声地啜泣
今夜，有生命的植物与我共呼吸
来不及燃烧一封信取暖
寒冷的空气
把我搂在怀里
故事由此开始
你是知道的
十二月不完全是句号
风坐了下来
送来远方一纸
煤油灯写下的思念
我多想在梦中与你重逢啊
但你在地球的另一端
你形而上的爱碰不到我的唇
风吹草动
我只有微微颤抖的心

## 我在黑夜虚构一条河流

倾出所有，也是生命的全部
拥有钻石、皇冠、日月，或星辰
不如拥有现在的每一秒
堆砌一切，不如
在心里腾出小小的位置
直至光阴在此入睡
直至有更狂野的风把太阳摇响
在黑夜，我为你
虚构了一条有灵魂的河流

给你踏实台阶的晴朗回应
给你樱花再次浪漫起舞
给你以广阔的丛林供奉鸟巢
唤一只鸟飞回来吧
栖息于这片海洋的月光
请不要深陷其中
也不要凌乱于衷肠
你要的，只是一次低低地盘旋
一点点不动声色地沸腾
于月光的无声

果实是多余的
羊群和马匹是多余的
即使大地把成吨的金子赠予你
你的王朝还是你的王朝
你内心的帝国
不会因此而改朝换代

## 我的心是虚掩的门

每个黑夜都是硕大的伤口
每个伤口
要用黑夜生成的白发去缝合
从肉体的大陆
到一个灵魂的孤岛

除了你,我高傲的心
是一扇虚掩的门

## 寂雪

城市在雪的纯洁中瓦解
灯光改变了一切
北风无法阻止鸟儿觅食
冰挂在想象的翅膀
闪着泪水的光
忠实的影子
在雪原上疾飞而过
一匹记忆中的马
与漆黑的树木形同陌路
你是形式的
除了惊慌的羽毛
那些激情消退的浪花
是空无所有的雪

## 自由的花瓣

黄昏燃烧起来
对于迷恋黑夜的人
是一场无法比拟的灿烂
蚂蚁开始爬坡
它们不知道哪里才是远方
风的步履悄无声息
我从拥挤、饥饿的城市醒来
随着流水的人群
像草籽，飘落在大厦的阴影
勇气没有俘虏别人
却俘虏了自己
风从杂草丛生的头顶刮过
昨夜喝的酒毫无意义
物质薄如纸片
自由的花瓣
在凝固的语言黯然失色
唯有煤炭
不甘于被埋没的命运
悄悄地燃烧和毁灭
你见过灯盏的熄灭也是如此
在黑与白中阔步前进

## 雪的心事

昨夜又下雪了
有雪的日子是机缘巧合
抚摸冬藏的麦子
能感到冬天
有恰到好处的温暖
在无处藏身的黄昏
我把时间
站成一行深深的脚印
用思念捂着你的名字
静候雪的光临
冰冷刺骨的月光滑过脸颊
我毫无知觉
风把山脉
吹得连绵起伏
梅花被风一笔带过
天空飘着无声的雪
于雪的心事，我旁若无人

## 一个人和一些事

我无法回到原来的地方
街道，曾经见过的自行车
以及每一盏路灯
不是从前的样子
焕然一新的树木
长在从身旁走过的女孩身上
她们的光鲜不是表面的
我喜欢她们
不管是在马路或是车站
越想靠近，她们离我就越远
我只能做一个隐士
我回不到她们的青春
所有的青春注定会消失
不是消失在坟墓里
而是流到了另一群人的血液
她们在低头看书
街上只有一家图书馆
陌生的桌子和椅子
含情脉脉地注视着我
它们送走了很多人
但没有送走我
这些桌子和椅子永远空着
不同于我内心的空虚

## 我的梦想

我的梦想，就是喝酒，摇船
去一个孤岛
种一亩孤芳自赏的花

向云求一滴雨
向叶子求一瓶氧气
向自我
求草木的纯真

# 灰鸟

海洋是地球的悲剧
永远找不到生命的出口
江河的路径
闭塞于人类的无知
灰鸟的语调
追求风的形式
冬天的雪落在翅膀
这是肉体难以治愈的灾难
当我听到玉米
在梦中抽穗的声音
赤身裸体的落日
为麦田的守夜人唱着赞歌

# 答案

那些渺小的事物
借助风飞起来
风从不嫌弃它的渺小
没有什么比风更轻的物质
我在其中——关于你说过的自由
现已尘埃落定
不是注定要被风裹挟
而是我们
拥有比风更轻的心

## 你的心是我唯一的入海口

我不在你的领地
冷雨从远方飘来
风变换着各种姿势
从我的眼中流出
但河流
还是原来的那条河流
而你的心
是我唯一的入海口

## 向每一粒春的草籽忏悔

今夜的温度只有 21℃
听说春草在你那里早出晚归
我这里好像没有
的确没有发现
那么渺小的人怎会有长远的眼光看到
一棵微小得没有自己意志的春草呢

不过，是否看见已无所谓了
因为春是无所畏惧的。一粒昨天的草籽迷失

在泥土里
那是黑色的泥土
是集体的记忆
有人用清水唤我写诗
我深一脚浅一脚来了
我对一棵干瘦的树说话
说着说着，它用比我更干瘦的手抱紧我
失声痛哭，我浑身全是它的泪水

我伏在它的身子，这个世界只剩下
最后一颗无处不相逢的心
草，这弱小的民族
它藏于一棵矮小的树的命运

雪早已融化在甜言蜜语中
成为沿岸取暖的河流
因为出生微寒
我脚底下的岩石十分愧疚
这么多年，它是我最好的兄弟
默默地承受了我全部的委屈与痛苦

而我蹉跎岁月，荒废了流水的静好
今夜，我的体温是 36.5℃
风继续吹着，似乎它比我更爱人类

没有谁像春天这样深谙人性的善良
一夜搬来万紫千红的花朵
为青春消失殆尽的冬天
举行一场豪华的葬礼
作为春天的异教徒
我站在苍茫的大地，一无所有
低下头，我要向
每粒微小的草籽鞠躬忏悔

## 时间哲人

葡萄、香蕉、奇异果
以及不合时令的甜橙
成熟得太迟
康乃馨,一张贺卡
密密麻麻的,写满了羞愧
那些在江面上跳跃的青春
被竹筏载走了
除了满眼的慈祥
时间把母亲的美洗劫一空
父亲的腰板仍然挺直
常常携着一张小凳和钓竿
坐在江边独钓寂寞
母亲则心灵手巧
编织五彩藤篮
每次回家,我把坐在门前的她
误认为画框里的某个哲人

## 吝啬于语言的表达

因为深陷于物质
以及泥潭中的功名
我和你吝啬于语言的表达
时间的托盘在这个节日
瞬间盛满了泪水
五月,一年一度的汛期
汹涌而至的爱
澎湃着不加掩饰的虚伪
我跟很多人一样
戴着假面具混迹其中
沿途风景秀丽
商家吆喝贩卖爱情
我被妹妹的电话吵醒
说今天是母亲节
要我记得给母亲打电话
我的确迷路了
月亮与雨水,种子与树根
在电话里
我不知道说了些什么
余生是多余的
流逝,低语,寻觅
我在自己的泪水中啜饮泪水

## 一匹被孤独放养的马

黑夜里，一匹被孤独放养的马，突然
从我无法触碰的脑袋里跃出

它挣脱了缰绳的束缚
风嗖嗖作响
全落在它的身后

这世界
我找不到更好的事物能与它匹配

除了你看不见的我
以及一束被眼睛收割过的光

## 我的羽毛美不过爱情

阳光在烟灰缸里燃烧
我看到一个影子的
惊慌失措
弹掉手指的烟蒂
忠实的词
落入了意识的蜂窝
白发牵引一只巨鸟
但我的羽毛美不过爱情
迟到的雪
是一场盛大的洗礼
在镜子里
找不到的影子
在雨后醒来的积水找到了
于是，星光
从眼睛慢慢涌动而出

## 雨是不便诉说的哀愁

雨是不便诉说的哀愁
昨夜的西风
来看我的时候
恰好我穿着薄薄的白衬衣
在空寂的纸上写字
深处的雨来了
激烈、绵长而抒情
它浇灌着
我的眼睛开始潮湿
突然想起你
一朵微笑的花翩然而至
跌宕间，久旱的植物比我沉默
好像得到了神的暗示
更密集的雨
落在我幽深而静谧的心

## 我是另一个世界

我错过了自己的感觉
在梦中扮演了深浅不一的角色

没有任何的解释
这是生理的反应
我成为不合时宜的人
做梦有罪是荒诞的
但你不能没有梦

我把做过的梦印成照片
贴在衣服上招摇过市
在别人的眼里
我是人生游戏
坐在干燥的公交车上
我的心,下着淅淅沥沥的雨

世界有自己的深度
你了解我,但你没有解开谜底

## 当河流经过时间的沉默

记忆是致命的遗忘
当河流经过时间的沉默
音节是寂静的
你害怕语言的漏洞太多
干脆坐在风中勿语
每个人是一片树叶
一半在时间的天空
一半在时间的泥土
我们站在阴影里
像是站在时间长久的疼痛中
面对夜的漆黑
再深的河流也是肤浅的
什么也不需要说
我们只能用无声
击败酷似真理的谎言

## 时间的密件

我的心生长着一片遮天蔽日的森林
鸟儿从这里飞进飞出,太阳
照耀它们的羽毛
变幻莫测的气候
契合着天色
每次,鸟儿啄走一片枯叶
就啄走我一个静谧的秋天
冷雪融入了阳光,成为时间的密件
青春为了探索而迁徙到了别处
只留下曲折的小路,像一个巨大的问号
横亘于蓝天与无垠的黑土之间
因为迷路,我曾不止一次
在叶子的面前失语,徘徊不前
候鸟忘却了季节,它们穿过天空时
没有给予我一根能飞的羽毛
我知道你仍在途中
就像外表清冷孤傲的蒲公英的飞翔
风打着哑语把树木吹得苍翠
经过太阳的身子,布满了光的精美刻纹

## 风起处

那时有无数的炭火
烘烤着灵魂
无边的河流
在山的隘口干涸
冬天是个不会哭泣的祭坛
风的手指弹奏着森林
草原远离尘嚣的道路
幼小的马驹在天空相互拥抱
不同色泽的眼睛
涌出连绵不绝的白昼
青春的头发在马背上飞舞
额头悬空于宇宙之外
夜是握不住的钥匙
风起处，白雪苍茫
嘴唇缔造了缄默的独立王国
雨给了生命意外的惊喜
星星没有降临
新生力量坐在山坡上喝酒
一阵歌声吹来
灌满了人类虚无的心
午夜披着厚重的铠甲
我站立的地方
洒满了匆匆的目光

## 英雄从我的体内诞生

在目光的拐弯处
一匹黑色的马喘着粗气
那只长途飞行的鸟
远离了北方
草原上,黑夜分娩出的豹子
把鸟视为神
而我仅有展给你看的翅膀
哑语压抑不了闪电的声音
两个动词抱在一起长出了绿洲
豹子从你的眼睛出走
英雄从我的体内诞生

## 生命的变奏

眼泪灌溉的地方
石头开花了
这些从不燃烧的石头
把我的肺腑熨伤
叶子养育了生机勃勃
所有的繁花是凋谢的焰火
可疑的字迹无法辨认
一意孤行的倔强开始柔软
我有个小小的秘密
沿着语言
通向太阳的黑洞
躲过了网络的交头接耳
飞旋的生命发生了变奏
青草从灰烬中重生
在长江和黄河的源头
不语的石头，熠熠发光

## 被时间吮吸的泪水

你的生命住着另外一个生命
谷粒爆出新芽,只有雪
才有机会与黑夜对话
瞎子的手势令人神魂颠倒
偏僻处,布满了冷静的光
风沙采集岁月,荒径逃离山峦
青春以它的灰
唤醒了万物向荣的意识
你站在灌木丛中
把昨天引入今天的禁区
墙壁倒塌了
敞开的大门是真诚的
思想鱼贯而入——
那些被时间吮吸过的泪水
从我的眼角溅入了大海

## 我的心是最深的

花冠在夜间开合
睡眠进入了时间的碎片
我独自收拾寂寞
一些诗歌
住进了不能吟诵的旅馆
你背着大提琴
去布拉格广场演奏一封长信
弦外之音的光亮部分
亲吻了枯萎的头发
纯净的雪片
在你的眼睛过冬
那些对着你挥手作别的人群
现在扮演着我内心的角色
时间是温暖的
我的心是最深的

# 微小的光

山封闭了道路
北风掏空了绿色的意志
南方活出了五彩斑斓
古老的雨水和闪电
没有把我们从黑与白分开
麦子回答了
疑窦丛生的秋天
童年的树枝
叩响了雪的沉思
传说梦想者在高处召集风云
我微小的光
剪开了海的沉默
在没有任何词语的国度
存在与死亡
从没有胜败之分
当太阳占卜不朽的灵魂
当生命以颤抖的手抚摸疤痕
一切都已成熟了
一切都解脱了
没有微笑的哭泣
所有的成长将变得枯燥无味

## 若有所思的风

剪去多余的装饰
空白之后
还有悬而未决的空白
淡泊名利的月亮
升起来了
闯入豁然开朗的天空

贫血的患者不宜思想
体弱的花朵不宜吹风

衬衫飘出小小的衣角
独守金光闪闪的稻田
若有所思的风
吹来了未来主义的答案
冰裂的身体
使写下的诗歌全部失眠

# 慢板

耳朵紧贴一堵巨大的墙
墙没有言语
物质处于流浪中
骑车的快递对此置身事外
与我浑然一体的石头
躺在时间的床上
阅读太阳、雨水和风
一切都是慢的
钟摆之间
生命的回音失去了家园
真理奏着慢板
每分钟五十二拍
赶不上一根野草生长的速度
果实从树上掉了下来
倾听墙角的低吟
有些理性的声音是无形的
它借助流动的空气
沿着狭窄的血管
一路在艰难攀升

## 叛逆的风吹着一匹马

我们在这里屏住呼吸
你不曾见过的思想脊背
由凝固的骨髓构成
在无人的地方
叛逆的风
吹着一匹不懂伤悲的马
我匍匐在土地
停止了流水的肆意追逐
一条河是简单的
众多的河流是复杂的
泛滥是河流最有性格的动词
在平坦的地方从不大声喧哗
只有在峭壁纵身一跃
英雄的气息地动山摇

## 语言不可逾越

它们永远盘踞在那里
只展示出可见的一面
接受人类的欢声鼓舞
或者静音沉默,从不改变
在返回的路,光被窃取
黑暗得意忘形
缥缈的灵魂像块布
逆风而舞
没有人能逃离一双手
没有人能将自己的头颅扭曲
时间燃尽
语言不可逾越
事物的无限性比有限性更多
而真理永远深不可测

## 未见到你时雪一直在燃烧

有些雪落在洁白的信笺
白茫茫的
它们飘落,融化
慢慢地,变成了
我眼睛的两条浅浅溪流
这是蓄谋已久的雪
这是雪落的青春
没有见到你时,我时刻都在思念
没有见到你时,雪一直燃烧着我
灼痛了无数个日子
而你,在冬天避开了秘密的雪
避开了我暗藏的河流
这些年,秋天飘落的叶子
是你从前写给我的信
一些诞生后却又枯萎的词组
堆成了雪峰,我的泪水辗转于此
高铁、飞机和渡船都停止了
回忆逆流而上,夜开始了漫长
那么冷的雪,与风共舞
没有归根的目的地
没有传说中奇迹发生的花朵

## 金色的勋章

汗水从谦卑的面孔滴落
血脉偾张的秋天
没有来得太迟
车轮声中，麦子
走出了金黄色的瞳孔
一闪而过的丘陵向我敞开
像诚实的父亲
酣睡在江水的臂弯
身躯瘦小，没有高低起伏
未能在这个世界占有一席之地
只有时间磨出的老茧
在某些时刻
像一枚枚金色的勋章
被阳光撞得叮当作响

## 风未被树梢察觉

时间是鲁莽的
像向着太阳加速的风
那些年,我们也是鲁莽的
风餐露宿的青春
在群山中闪耀起伏
锋利的刀刃
聚集太多缓慢闪出的光
乃至明亮的眼睛
从不懂睡眠
现在,所有的物质在奔跑
仿佛这是不可阻挠的暗示
在暮霭低沉的尴尬中
我们两鬓霜白
绿皮火车从心中驰过,消失
一阵接着一阵的风
竟然未被心中的树梢察觉

## 虚无的船

叶子，这些从树上掉落的风
注定被遗弃
万物已到达了渡口
你虚无的船
空在江面上
那辽阔、冰冷的水
向我铺开，牢不可破
你一定知道
时间的缝隙里藏着什么
花朵消失了
有些雪落在我的身上
有些消融在鸟的眼中
你提着盏灯走过万水千山
身体一片幽静
没有人能捕获你的风
没有人能用记忆截流江河

## 时间之雪

我越来越爱细腻的冬天
因为只有雪
才会让我动起很多念头
比如我坐在公园的长椅上想你
尽管没有了暖
一双苍老颤动的手
相互亲密摩擦
代替消融了的记忆
青春，一些闪亮的灰已躺下
变成了甜蜜的泥泞
眼角的皱纹有很多流派
在众多的泪水中
找不到突破口
雪是幸运的
在枯叶的斑驳碎影中
还可以听到
我们年轻时狂野的心跳声

## 从蜂巢出走的人

萤火虫在蜂巢里睡着了
迷途的声音
隐入了令人膜拜的烈焰
风停止了咳嗽
我甘于内心的平静
从蜂巢出走的人
是完美的逃逸者
在寂静
与喧嚣之间
你与大地同样沉寂
眼含冰花

## 在黑的不可逆转中

黑,永远在不可逆转中
在封闭的王国
确立了不可一世的根基
但我眼中的光
依然埋头渐进,突破黑的重围
尽管意志坚定的灰
已幻灭为从容远去的炽热
为寻找更亮的光
弯月放弃盔甲
赤身裸体,走向更黑的深渊

## 雪落在未落的时间里

我站在黑白中间
把黑夜当作白纸来书写
以平和轻松的语气
写下桑树开花
以奇异、亲切而奢侈的心情
写下炉火的浪漫和生命的美好
现在，我什么都不写了
我怀抱幼小的星星
站在树的跟前
与叶子交换绿油油的思想
在内心，在微弱的风
甚至是一小片胆怯的雪花
以及在将落而未落的时间里
我放下盲从的幼稚
更换山河
终于因为不书写
而拥有了一枝小麦的锋芒

## 扉页空白

雪越来越厚，这些
沉寂的语言
永远有不可确定的一面
因为拒绝阴影，雪，白得
让人间的一切
失去了原有的颜色
寺庙裸露在山的半空
壳还在，灵魂却不知所踪
几只鸟儿活跃
在没有叶子的树枝间
从它们别无杂念的眼
我看到死去的雪在燃烧

## 怀念春天

日子缓慢,没有任何声响
搜索、寻觅
在木棉树上做各种记号
春来了,结束语像冰块
堵塞了看不见的河流
没有人再谈论孤独与寂寞
我们遥远得没有了距离
昨夜,初来乍到的雨
迟疑了一下
还是下在我的眼里
从前的预感
终于败给了春花
木棉花开出夏天的热烈
你赞美的掌声
却给了秋天的陌生人
我是成熟的
你看过我熟透的样子
像番茄解禁后的炸裂

## 忧伤的梳子

你到水中煮火
这是巨大的悬念
灵魂的浮标，跃过浪的脊梁
与鱼消失于
神经衰弱的声音

名字如玉，碎了
沉到环礁懦弱的底部
语言从望远镜穿过
你站在一把梳子上
看见浪漫的雪
仅活了几个冬季

伤痛作为一种液体
渗透到黑夜，海变得更深了
在某个空缺的骨头关节
太阳点燃海水
焚烧了
在时间里来回游弋的秘密

# 虚构

从一个词醒来，看见盲人
在他的手臂
刺下一把钥匙
夜不曾向他敞开一丝明亮
但他藏着无数的光

门和钥匙面面相觑
没有热切的眼神
一切都是虚构
只有声音才是真实的
犹如一滴雨
落入时间的大海
冲向礁石的轰鸣

最后一滴雨落在了异地
河流从肺部流过
路躺在大地
黑夜照亮了风的路途
盲人牵着我
小心翼翼地走过
在水中低处啜饮的星星

## 风的低语

他在睡梦中失去了自己
一个无法自拔的人
把裸体的落日
误作一场超越极限的飞舞
乞丐眼里的余晖
涂抹在月亮苍白的脸
涣散的雨
紧跟着风漫游黑夜
你们把锋利的词句
插入树木
寻找坚硬的骨头
我扯一片灰色的薄云
紧裹身子
顺从一阵与叶子共鸣的风

## 我愿意放下泪水的错觉

我们简单得只有一次茂盛
痴迷的风盛情地
把我吹走了
而你的影子还在
其实,我愿意在这里,不说话
开始是浅浅的
然后是静水流深
那么多的故事流失了
但不妨碍蚂蚁
在无数个日子
背来一个个词献给你
献给你这些词
我愿意放下泪水的错觉
让所有未曾发生的继续潜滋暗长
让所有爱过和未曾爱过的一脉相承
这个午夜,我甘愿
被你以一瓢水的沉默熄灭
甘愿被你锋利的语言深深伤害
在伤口留下血的炽热
留下烧焦的土壤
留下一朵令你喜出望外的花

## 夜是一场不化的雪

隔着心灵窗户
如隔着你我的呼吸
耳朵像鸟巢
一只蓝鸟飞入黑夜
语言的云团聚在一起
但你不露声色
你淡而稀薄的声音
拒载了我
渡船上没有你
我的心只有精疲力倦的月光
月光曾是我深爱过的女人
你携音乐而来
引诱一群回忆的鱼
从我的眼睛潜入梦的水底
风是流浪街头的歌手
提琴在夜里低声抽泣
你潮湿婉转的气息
把我的头发吹伏在田野
我蒙蔽双眼
以青黄不接的幻想去捕捉你
因为迷恋
我失去了玫瑰的知觉
今夜，南方的月光暖不过石头
今夜是一场不化的雪

## 掌纹

天空突然变高了
白云像飞过沧海桑田的巨鸟
盘旋,降落在我的心
雨从遥远奔来
成为我身体海水的一部分
成为丰美水草的缭绕歌声
你拍去身上的尘埃唤醒我
如入夜的无人之境
日子赤足远行
每个季节是一生的匍匐
我只剩下一粒种子
附着于你的黑发,随缱绻时光而去
在高高的蓝天
在无人命名的地下河
我隐藏你——
让你的血脉布满我,不留余地
我要跪下来,向你
呈上我深爱而无声的掌纹
愿所有鸟类的羽毛
为你脱胎换骨
愿弯曲的膝盖,每次与大地拥吻
变得温柔与坚强
而我愿意做密室里的星星
痛饮你喜悦的泪水和忧伤的月光

## 西行的列车

谁也没有看见我
我是一个点
在愈合了伤痛的铁轨上旅行
风违背我的意志
吹着我的头发，列车向北
进入黑夜，我的目光时而在窗外
时而在虚无的镜子

在车上，我写下孤单
一站又一站，一盏灯又一盏灯
亮了，又灭
我的脸
从天空疾驰而过
一公里，一公里地消失
通向荒芜之地

我在这里，等你看见
让原来发生的事情再次发生

我要记住一切
让双脚代替树根的思念

然后西行，卸下伪装
接纳一座空空荡荡的城市
接纳此后的一无所有
我将安于现状
安于清醒与幻想的抒情

## 让大海听见我

暴雨，从我的眼瓢泼而出
长久的寂寞
忽然变成急促的雨

光为黑发扎上马尾
海水浮上众多的星星

我依然是月光下的影子
让大海听见我
只为一个罂粟花的
眼神

不搜索万象中你的踪迹
雨分辨不出我
它的冰冷
注入了我更深的肺部
如果爱上一条河
就会爱上不会干涸的流水

在猛烈的风
托不住一朵云的时候
请举起火把
以风为媒，像雨奔跑
远离这座孤独之城

## 葱花记忆

暖暖的血液里
依然有你暖暖的名字

从葱花的记忆开始
我回到钻木取火的时代
回到夜莺歌唱的缓缓流泉

草木之心馨香缭绕
把我无限的期待缩小为梦

我已把月光洒落一地
可你一言不发
夜静更深,我无法从遥远归来
那个青春遇不上的人
只能以怀念割舍

# 泪水

形式的马与我背道而驰
乌云压住它的脊梁

咽喉的泪水
在两岸的胁迫下
默不作声

天地间的忧伤，掀起了
巨大的波浪
从时间的伤口
流向
更致命的伤口

放浪形骸的英雄
扶起了一匹野马低垂的头颅

## 燃烧的肋骨

血液灌入了混凝土
在骨头周围
结下了坚硬的板块
芬芳的花朵
借用我的嘴唇
咬住一盏被你吹灭的灯
善飞的鸟
用记忆的翅膀
把我带回堆满信件的花园
我多么喜欢你
苔藓般绿色的语言
如果上帝把我捧在手上
读给你听
天地就会恢复全部的知觉
因被一条河流拒绝的距离
我燃烧的肋骨
更接近一瓶你的毒药

## 雨熄灭了眼中的火焰

把白天的影子折叠起来
放在黑夜
眼睛突然变得明亮
昨夜因为雨
我回到雨水的偏僻处
那是梦想无法相迎的世界
现在,这里下着彩虹雨
雨,是一块奢侈想象的跳板
我的脸与雨相互衬映
水乳交融
但梦难以复述
因为死去的事物难以复生
犹如乌云密布
熄灭眼睛燃烧的火焰

## 在梦的出口处等你

清晨再也看不到月亮
窗户的纸,虽然很薄
但与我一样克制
可知的命运在阳光中起伏
你说:"让我的头发
吹过去吧,
我要在太阳下山时
到达你的眼睛。"
多好啊,我把房间扫了一遍又一遍
叶子在风中欢天喜地
花儿暗发幽香
还有一只小小的青鸟
是你放飞过的
它和孩子很安静
当我的耳朵连接你的心跳
雪融化了
越来越大的泪水
情势汹涌,迫在眉睫
"亲爱的,我想你了……"
这一刻,全世界
因你的声音而安静

## 当唯一的青春让给飞鸟

行走在沙滩上，你为自己而难过
因为你仅徒具思想的外形
你觉得空虚
岁月如同酒色
当年龄被风吹走
当唯一的青春让给飞鸟
你只剩下
年久失修的病痛和忧心如焚
静止的事物
如昏暗午后的一本书
你永远读不懂它
但你仍装模作样去读
好像读不懂就是一种虚度

在某个早晨，或黄昏
你会随着泪水
慌张地四处逃命
但不知道要逃到哪里
城市、灯光和田野
已经远离了你
远离了你内心的海水
但你的思想无时无刻不在涌动
你的目光高过树梢

你从黑暗来到光亮的地方
你是寂寞的
也是丰盛的
你从一本书醒来
在辉煌的想象中睡去
海水容纳了全部的污泥浊水
你有时磅礴，有时平静
你消费新鲜的空气
消费许多的名词、动词和形容词
你从无数的词句里
找到了一席之地
你习惯这样的生活
没有喧哗
没有波浪和绚丽的色彩
你只想借助书
作为渡船，游过黑暗
寻找一个发光发热的词

## 秘密呼吸

我一直不想说有关雪的故事
立冬的这天
我盼望下一场雪

如岩石上的苔藓
沉默得太久就会死去
但我必须如此
不启动一言一词
只用沉默安抚自己
有些生活，我们不能拿去暴晒
有些伤痛，只待新伤让它结痂

我喜欢冷僻的雪
对梅有温情
即使我浑身肮脏
它会用泪水帮我无声洗刷

## 怀念一场雨水的别离

我在大地寻找你
寻找一朵流云的火焰
火,一朵云的火
落在大海
一万个玻璃的影子
不及一匹马立在这里
把生命呼唤为草原

浸透了海水的眼睛
不能哭泣
九月是悲伤的
十月的鸟
从一面破碎的镜子飞过
与四季告别
天空倾诉的蓝,像你的声音
使每一块石头
流出了乌云的忧伤

# 种一亩花田,种一亩疼痛的思念

如同埋藏在矿山里的矿石
我埋藏自己
埋藏对你无法提炼的深沉
陷于僵局
陷于一筹莫展
入夜,种一亩花田
种一亩疼痛的相思
你的火焰
喷射我的胸膛
留下烙印
你抓住我
以泪水煮忠贞不渝的心
如同一截
残墙断壁的孤立
我在雨中等你
一寸寸地分割我自己
像盲人按摩每个骨节
我以指纹和你彼此相认
在返回的路上
从此不再逃离
因为太阳预告了你青春的闪耀
在未被你吻过的春天
我被神赐予炽热的燃烧

## 万径人踪灭

能来吗？这么浅窄的伤口
愈合了黄昏

这里，每一条鱼浑身是雨
你抱着礁石睡着了
睡得很沉
就像婴儿的熟睡

黑夜钻入我的身体
在开辟
另外一条思念的通道

叶子和小草因为冷清
与我的影子并立而生

## 天空吹着渺无人烟的风

明晃晃的阳光把水痕舔干了
风吹拂
我意志孱弱的角落
你的爱,以及众多的浮尘悲欢
消隐于
杂草丛生的世间

如果花朵阔别了天空
再曼妙的语言
将错过开花的枝头
我说,风过今生
所有天赐的美
不如独树一帜的你

那么高的天空
吹着渺无人烟的风
你是毫无知觉的
在睡眠之前
海水已奔入我的眼睛

## 你从灰烬读懂了我的暖

你那儿下雪时我这里是秋天
叶子飘落后
天空深邃
有时，你的眼睛也是这样
喜欢你的呼吸，像风
掠过我的耳根
时间黑白交替在下雪的路上
你从灰烬
读懂了我的暖
从前，只爱阳光的玫瑰
停留很长的时间
而今，当桐花朵朵飘落
我更喜欢你
用默默无语的手指
在窗户上
轻轻地敲打光的波浪
我喜欢这样的声音
虽然寂寥
但能与我心心相印

## 城市风景

一切荡然无存，在你的眼
阴影开始奔跑，草从我的心长出
涂白的墙壁，写满了文字
诗歌紧贴浪潮
从消失的想象归来
抖音刷出不同的面具
众多的脑门
被呼啸的声音击中
街上的乞丐为此痛苦不堪

汽车在十字街头对行人不知所措
信号灯只能睁一眼闭一只眼
各种表情的行人
像棋局中已安排好的棋子
在太阳底下走出各自的命运
每个人都有自己的窗口
可以自由呼吸
但无法记住曾经逗留过的地方

我痴迷于时间的瞬息万变
头盔漂浮，纷纷回避时间的追逃

# 过境

海的那边

有一朵云

从我的眼前飘过

但我

没有抓住它的

雨丝

暮色中

书被风翻过

就像那些叶子的绿

就像我的青春

## 天空是安静的

天空是安静的
房子是安静的
连窗外的叶子黄了
安静地接受风的采访
它说些什么，我不知道
正如我安安静静地对着自己
什么也没有说
直到黑夜
收起涟漪的胡言乱语
眼泪才哗哗在心里作响
飞行两个小时
再坐八个小时的火车
我终于找到一个安静的空间
安安静静地想你
想你时，我的心幅员辽阔

# 咳嗽

昨夜，我被你
轻微的咳嗽声
震醒了
接着是外面的雨声
风是徐徐加入的
很想告别一些来自雨中的独白
很想抹去在深夜里徘徊的足迹
可是，我被你
轻微的咳嗽声惊醒了
再无法入睡
唉，这些熟悉的咳嗽声
震得我每块骨骼
有钻心的痛

## 无法相遇的世界

蚂蚁在我的心咬一口
心满意足地离去
蝴蝶停留在我的眼睛
无视沿途的光芒
抽象的鱼
以它锋利的翅翼
从浑浊
游到了清澈
正当我借助酒劲鼓起勇气
对无畏的光线口若悬河
秋雨突然袭来
摧毁了我
隐入怀想中的半壁江山

## 我刚放下自己又被雨水围困

你把我置身于密封的瓶子
我刚放下自己
又被透明的雨水围困

如果眼泪
是难以挥别的酒
那么,我愿意
以袅袅升腾的醉意
把晦涩难懂的黑暗
复耕为从容明朗的黎明

## 流星划过天际

你在玻璃上呵出一层雾气后
随即进入了冬眠期
流星划过天际
留给我深不可测的天空
你靠着椅子，说："黑夜燃尽了白昼
广阔天地，你的梦与我的梦一片虚无。"

唤上酒，你喝着泪水看不见的语言
你曾嘲笑我的单纯
如今，你哭了，哽咽的声音
像夜莺的歌声

今夜，我看不见涉水而来的月亮
你迷失于窗外的灯火
我迷失于退潮后的陌生

## 无眠舞蹈与时间的旁白

我与你只有一张邮票的距离
暧昧不明的雪
为缺席的月光而迷蒙

黄昏之后,白天鹅
在头顶盘旋
闪电如一个刺客
对大地挥舞着霹雳之剑
所有的高楼大厦
在暴雨中天旋地转
不知所向

灵魂是安静的
时间变成了暗礁
企图阻止记忆在我的脑海回旋
你的泪水从天际流过
漫入我的肺腑
雨水的荒凉
是如此的迷人

黑亮的眼睛
浮游在海上成为花瓣的幻影
又如飘摇的小船

滑过我思念的闸门

奔跑的风,在你的黑发上
把我的万丈豪情收拢
为不朽的花
镀上金色的光环

此刻,你是否能原谅我意识的冒昧
逼近你引人入胜的红唇
让我回归
从前无人旁白的英雄部落

不是一场梦的伤寒重演
不是一夜的繁花再次凋零
三万个日夜终其一生
是为了雕刻
一尊无法解密的雕像
或者在你月光倾城的都市
或者在我不相信离别的芬芳草原

走过纵情狂欢的街道
灯光向我伸出虚弱的手臂
当夜的河流
灌溉我没有水分的身躯
荞麦的叶子醒来
对着南方的稻花倾诉
词句成为路标

久别重逢的面孔相拥而泣

平静的大海
涌入了珠江的无眠与温柔
血液的低语
是无家可归的情感发酵
天空像一张白纸
裹着百合花的月亮
与遥远的星星
隔河相望，从一而终

## 手指触摸黑的深处

傍晚,我拿着一本诗歌
脑海陷入了小说
心在风里
似乎又在云外
自从遇见一只蝴蝶
我走入了
生活的一个死胡同

我烧香拜佛
祈求漆黑的四周有一扇门
当手指触摸黑暗的深处
希望自己
是夜里最无所顾忌的魅影
手指插得越深
越接近令人眩晕的亮

想弯下腰来
把另外一个生命追赶
不舍昼夜,不弃不离
可是我的身体
挂满了铁和铅
有人怀抱火把从我的身边走过

黑暗中，路越来越远

有人给予我乌云
希望我从中摄取闪电
假如我是你手中的一撮泥土
我该落在哪里
大海，或是纯净的天空？

# 我
—— 给你

我的心被不知道姓名的人

埋了一颗雷

在夜里，总担心被某个指尖

一触即发，把我炸得血肉横飞

借助时间的避雷针

小心翼翼地探测

但这雷埋得很深

仿佛是眼睛的万丈深渊

那种幽幽的深

那种纠缠不清的黑

不可言说，也不能言说

漆黑无比的深渊

把我缓缓地

推向语言消失的祭台

我必然死于这颗雷

这独一无二的死

血液、骨头和灵魂

从梦中醒来，片甲不留

## 从前的月光已无迹可寻

从你滚烫的嘴唇滑到月亮中去
月亮冰凉如水
你看过蓝色的月亮吗
芬芳的蓝月亮
在河的对岸忠于它的形式
河流悄然
滑过森林的头发
蓝色的眼睛在水中晃动
风把青春的芦花吹得雪白
我独想一个人
一条软体的鱼躲过记忆的网眼
当秋风萧索的回声
翻过从前的渡口
你何以在时间的源头
拥抱这一江生死契阔的月光

## 回到灵魂与语言的空白

我有风一样的头脑
有风一样的气度与风一样的自由
在落败的花朵之间
你以风为笔
在我的脸涂上风的色彩
你说："风应该是你的样子。"

风啊，吹着吹着就把我吹成了诗人
是的，我是被风命名的诗人

风很凉，你在别人的风里静若止水
月亮是人类的
在风的面前没有了思想
语言的寒光和十二月的雪
以更大的面积
涂销了时间的漆黑
你知道，我是多么爱月光啊
可月光的雪，以及雪的月光
被你的沉默吸收，销声匿迹

我像风追随月光
身体像落叶释放在今夜
风吹走了
目光的轻薄
万物再无声息
因为二十年前的风
我回到了
灵魂与语言的空白

## 有些语言只适合在黑夜浮游

跟孤独的人在一起不会孤独
神从他肩上卸下十字架
陶瓷项链
在脖子上闪闪发光
只有爱人才能闻到项链上的味道
熟悉的语言总让人深陷怀想
深夜聆听露水滴落的声音
我在自由的居所
不断向日子发出拮据的订单
有些石沉大海
有些过了很长时间才送货上门
他从身上拆出几根肋骨
反复对我强调
说不要惊动任何人
遇上这么好的人是最美好的事
我臆造了无数的情节
记忆中的第一反应
就是时间过得很快
书桌落满了疲惫的尘埃
洗礼后的世界
一只手紧紧地握着另一只手

语言是彼此相通的
但毫无用处
两盏灯站着，互投光芒
眼泪也是如此
喜悦的，悲伤的
以透明的光泽向爱致敬

## 黑发淼淼

那一夜，你在我的梦中，但你不说话
你怕惊醒我的思念
孤独的天空，雨填满我的心胸

你如一棵木麻黄树，黑发淼淼

忽然想起了大海
你的颜色如海水般冷艳
平静的海
不知隐藏了世上多少语言
风在它的上面踩出万顷的涟漪
它依然细物无声

你挥动白色的手绢
对一座小小的山呼唤
我在海的彼岸
什么都没有听见
天空那么辽远
山花烂漫
我没有任何的想念

## 秋天的叙述

因为一座思念荒芜的城池
在落花的阴影
我忘却了自己
守候的日子火红过境
而记忆免签,永生停留在空地
三十年前的青春
我陷入了时间的苍茫

芦苇很高,幼小的月亮很矮
你在海水与陆地间穿梭
像动感的形容词
石头的温暖隐匿踪迹
我拥有海
但不曾拥有一条鱼

九月在别处登陆
十月即将与我重逢
落花、流水
以及泛滥成灾的月光
——我能给你的,就只有这些了
如果你来,请以深情渡我

## 用荒凉呼唤叶子的青春

秋夜的雨,被煮成一壶茶
你说这一年何其辽阔
可转眼就要消失

风飞过树梢,你望着叶子的我
眼中冒出若有若无的火花——
是不是一定要燃烧
才能在春天融化
才能与支离破碎的映像慢慢愈合

你在心里不断地呼喊
但很无奈,喉咙被秋风锁住
你恨不得将自己劈成两半
一半送给别人过个暖冬
一半留给大地,等待惊蛰和春分

语言的河流冰封在冬季
我用荒凉呼唤叶子的青春

# 等待春风是虚无的事

雨天找个理由去安顿自己
坐在一个小的咖啡馆
看没有故事的书
秋天的确是个童话
透过窗的玻璃
看见一朵红的伞，一朵黑的伞
被雨奉若神明
河流是不动的，但距离你很近
寒风未至心却已结冰
你坐看秋天的雨
这些谨小慎微的雨
用不曾熟悉的声音敲打你
敲打天空和大地
安静的人
在雨中一无所有
姹紫嫣红的语言落英缤纷
你希望是窗外的雨
失去信仰的秋天
等待春风是一件虚无的事

## 思念在岸上行走的鱼

我因为睡眠不足
而想起你
在深夜，黑色的世界
我只对血液低语
我相信一切事物
将在梦中悄无声息地聚合
又在酝酿的泪水中迟早分别

我一次次被你迷惑
只有与黑夜水乳交融
才可以瞭望彷徨无助的自己
我和黑暗对吻
潮湿的气流
贴着干燥的肌肤远走他乡

广袤无垠的夜空
有些事情是我难以掌控的
我不能诱骗花朵结果
不敢祈求膝盖叩见秋天
当海水沉睡
鱼在岸上行走
我的眼睛嵌入高高的墙壁

## 走过麦田

傍晚时分，天空已经疲倦
有雨逼近睫毛
弯曲的风
以海洋的味道记住了我
那么多的树木
我是你树枝上唯一的梨花
记忆中的小城
你常常用语言烤火
你的雪
落在我的发梢
落到了一片海
今夜，我携一座空城
戴着伪装的面具
走过城外语言失散的麦田

## 除了风，便是你

吞下你的名字
吞下火焰
喷血
成花，你爱一朵
我也爱一朵

你写下的文字
一幕幸福
一幕楚楚动人

在风的深处
我要借用潮水席卷你
直至浅淡的暮色
消失于
守口如瓶的青春

## 在落花的季节说再见

丛林的鸟有灰色的羽毛
我无法复述它飞翔的形状和痕迹
今夜,不知是谁劫夺了星星
使鸟的眼睛变成焦炭

声音沉迷于性感的词
孤独呼唤任性的时间
风从你的指缝吹向我
如黑发散开的热爱

漂浮不定的夜
抚摸记忆的肌肤
爱忘记了痛
我们在落花的季节说再见

## 对着向南的窗口吹风

我们坐在上帝的边缘
城市盛开迷茫的笑脸
季节在墨绿和褐色来回穿梭
众人趁植物昏睡
集体贩卖空洞与寂寞
南方的城市
是巨大无比的洞穴
藏着蝙蝠的翅膀和逃离的眼睛
渡口朝天空敞开
青春抖动乳房
对着火焰羞涩呼唤
陶罐沾满灰尘
被戴着镣铐的手摇响
街道上的斜坡
对空灵的窗口徐徐吹风
我们突然心血来潮
用沉默，去宣读身首异处的沉默

## 雨的痕迹

故事终于到了光线滚过的尾声
现在，只有雨的痕迹
每场雨的性子都太急
经过我，像经过眼前的一砖一瓦
它们奔跑在日光的前面
而我这双乞丐的手
无法接住它
这样的雨和这样的风
告别每一朵花
就像玻璃上哀伤的雨痕
依依不舍地告别我最爱的人

## 思想的钻戒

此刻,我是手握鲜花的信徒
陡峭险峻的山城
灵魂随风抵达,向我点头示意
一枚思想的钻戒
站在你的无名指上俯瞰我
犀利的目光
验证梦呓簇拥的年华
我有半罐意志坚定的硬币
没有人惊讶我
在峡谷横冲直撞
世界没有任何声响
在物质空无的低处
我用无声呼唤自己的心
蜘蛛是幸运的
它们每编织一张网
即使被风吹破
仍有大面积的丰收
我是如此落寞
偏隅一角,只能凿壁偷光

## 从未被风吹过

我被你的风吹了好多时日
要是回到古代
一定有一匹很单纯的马
在心里啃草

如有思念的云影投来
我将把最后的一次暗恋公开
仅仅是一次
然后把安安静静的脸
靠在你的肩膀

但此刻,我喜欢你不爱我时的宁静
就像大海,从未被风吹过

# 坠入与死亡

（一）

与夜共眠，像一只野猫怀春
这是最理想的状态
侧耳倾听春天
雨滴在她的屋檐，青果的乳房
在风中与桃花争宠
一棵树站在风的尽头
野菊含情脉脉，今夜
我的心，住着一个无眠的人

抵达她的眼睛，是蓝色的湖面
可见一层冷艳的光
假如你看见，会深深着迷
但这是一堵很高的墙
月光攀爬不过
即使太阳，也只会对她
留下一触即碎的光影

努力是徒劳的，幽闭的心
越逼近秘密就越危险
青春是小小的蜜蜂
甜蜜已使我丧失了想象力

春天开始了
我要亲吻她的名字
要一场酣畅淋漓的雨

（二）

黑夜过去了，光从高处俯视我
石头沉浸在水底
任由时间经过而无动于衷
一只鸟，在我的掌心觅食
"我愿意是一架破败的钢琴，被你敲响。"
可是二月将尽，芳菲的气质
止于大雪后的荒凉
她说："爱我的乳房吧，
就像爱你眼睛里的万水千山！"

于是，无数条河床流着眼泪
我把自己的全部
倾诉在薄薄的纸
她说我像一条忠诚的狗
却不懂狗的疯狂
江水缓缓地睡着了
我终于无家可归
流水经过时间的万象
竟然捉不住她的每分每秒

没有太阳的照耀，肌肤若冰
午夜的星光
因月食而惊魂未定

她的吻，献给了外星人
明信片上昂贵的雪
以身相许于一次呼吸的自由
然后交给怀念的手
在黑暗的囚牢
寻找苦苦挣扎行走的拐杖

（三）

这是最后和最明亮的春天
热烈从我的身体内部开始
她毫无知觉
从一江春水到草原上的沼泽地
从珠穆朗玛峰的雪
到珞珈山的樱花树
我放弃了全部抵抗
那个荡着秋千的人
影子般
从不合时宜的酒杯
跃身而过

田野空旷，一团火焰
追逐着白狐狸
它的尾巴挂着另一团火
虚妄的冲动
迷恋于雌性的足迹
尘世的言辞轮转四季
风雨，从不辨识来时的道路
孤单落寞的萤火虫

在门外自我取暖

风卷的微雨，颤抖、低声惊叫

从我的眼角一掠而过

为了一千次贴近海水的晚安

风把我送到她居住的岛

除了发昏的落日

再也没有柔软的语言摆渡

闭上眼睛

岩石挡不住海水的激动

我爱过一次，仅仅是一次

就千百次地爱

不舍昼夜，涌向远方的海岸

## 生活是张残缺的照片

雨形成于土壤的肥沃
二十四小时只有黑与白,形影不离
树木在风中摇摆不定
蚂蚁艰难前行
越过强劲的呼吸
为生命的声嘶力竭付账
心是空洞的场所
狡猾的狐狸在高架桥上跳舞
你把床作为生活的最后铺垫
劳作每时每刻都有可能
高潮迭起——
紧张、压抑、焦虑,忽而猝死
如恸哭的滂沱大雨
如悲伤是仅有的温柔

## 风不再吹来四季

然后,我们淹没在退去的浪潮
你背来的粮食已发霉
道路在海的尽头告别
没有人为你建造城市
高铁碾压月光
风拉紧我的肌肤
与你呼喊相同的名字:雪
没有返程的车票
时间在揣测中发生轻率的错误
错过了热浪的重逢
因而,长久的渴望
不会在我的唇
留下任何形式的痕迹
日子越来越冷
围巾裹不住你没有雪的北方
现在,我是空空的瓶子
丰收后的泪花
总是开在一次意外的凋零
黄昏的璀璨夺目
总是比语言寂寞

## 相信时间的无声

醒来，你冷冽的眼神
忽视我的存在
天很蓝，我比不上一朵云
云被宠爱一生
风没有将它吹走
而我，你只轻轻吹一口冷气
就要消失

不是所有的人
都可以铺陈直叙的
没有太阳
对一朵令人动容的花
我缄默不语
月亮成为偷窥的眼睛
崩溃之后
我从不对别人说起你
直至现在，叶落秋深

## 雪以酒的形式存在

雪以酒的形式存在
在天空沉醉
你以我的外壳存在
果实被冰包裹
热烈震裂了隔膜的墙壁
赤身裸体
一切都是无瑕的
寂静
除了原始的黑暗
下雪了
雪白，这人间不可剥夺的色彩
充满了人类纯净的希冀

## 太阳刻下的纬度

十一月四日,没有风雨大作
秋风从瞳孔吹过
吹落黄色的苦楝树果子
满树的枝丫
让风找到了自己的声音
站在太阳底下
我感觉自己温暖的身体
藏着无数的英雄好汉
他们或许是世上最好的演员
但此刻已无话可说
除了尊重神的旨意
我要邀请盲人的光芒抵达于此
方向四通八达
不管是向外或往内走,寸草不生
如同火焰燃烧殆尽的疼痛
每个男人都有不能触碰的悲伤
在无人知晓的地方
像河水缓缓流出
站在太阳刻下的纬度
只有山峦才有勇气
俯身眺望他们隐忍的身躯

## 告别一场秋雨

告别了一场秋雨，剩下的
就是一些词的江河

漂浮，是光阴的虚度
从来不祈祷结果
只盼语言能一次性开放
那年，顺流而下
我们遇见枯草
你对一块棱角分明的石头
说起流星，说起萤火
我把目光投放在别处

是啊，在你的眼别过一场秋雨
青春就离开了漂流的血液

抒情的江河
静止于
曾经滔滔不绝的嘴唇
如今步入山经，树叶黄了，枯了
你遇见的霜雪
已盖不住若隐若现的白发
若再遇春风
让我们握手，说相见甚欢

## 时间渐宽

眼睛离开你
就离开了酒杯的孤单
甚至,我离开了我自己

离开你,就离开了万丈光芒
我不再被你的光鼓舞

在饥饿的怀抱
我的眼睛
离开你,就离开了空空的船
从此,河床变窄
时间渐宽
颠簸的记忆
潮退回瓦解我的海水

## 生命还有更高的山
### ——致 H


"我老了。"在信笺上写下这三个字
灯光从近处走向遥远
眼泪开始自暴自弃
你有没有想过
当鸟空出一个巢
是不是空出了一座山,一条河流
以及难以到达的宇宙
从那以后
你的眼睛多了些海水
我说,要重新选择一个方向
比如跳过黄昏
回到生命的原始森林
关于完美的死亡
留给蔚蓝的海和陌生的时间
我们要去的地方
离这里还很远
远过你语言的沉默与黑暗本身

## 异族

毫无疑问，海水在你的眼依然蔚蓝
我是一条
终生以你为邻的鱼

海水跃上礁石哗然散开，仓皇逃窜
词语，惊涛骇浪的心情
如礁石，沉浸在自我的静默

我永远是匿名的漂流者 ——
海的灵魂
冲破了时间之网

## 凭着诗意

夜是堕落的,一本诗集
从深渊打开翅膀
时间把黑白分开
远离城市
盛大的节日于幻觉中浮现
腐朽的根须被夜遗忘
兜售的语言
总是虚情假意
只有诗歌才充满
异乎寻常的芬芳气息

酒被赋予各种意义
玫瑰绽放在空气
连绵的山脉相互召唤
更换不同的季节
在心胸开阔的大地上
毫无节制地狂欢
而膝盖上的书
向我们敞开它的真诚
每个字小得卑微,但目光如同火炬

看吧,这是我们的生命
在诗歌朗诵的节日

彼此寻找被雪稀释的脸
携带永不虚脱的灯
忍受时间不可持续的折磨
忍受繁华过后的空白
在枯草返青的草原
借助风，从不被人觉察的声部
演绎我们星辰承载的故事

## 我用呼吸吹走存在

再狂妄的风也是过客
我需要咖啡的陪伴
音乐像茉莉花香,从书上飘出
浮在温柔而低调的词
太阳于寂静中镌刻了孤独
我用呼吸吹走存在

雨水给我写信,在玻璃窗户
留下了缄默的花
我喜欢尘埃甚于音乐
有时,冷漠溅起的浪花
也会烫伤人
理性的交谈不需要重复

你可以无限地想象我
或白雪皑皑,或黑夜茫茫
悬浮的光抚慰被遗忘的角落
黄昏,你能打开一本书
怀抱别来无恙的青春
从乍暖还寒的思念中挣脱出来

那么,你的世界会接纳我
我将深爱一棵树,而不是森林

## 黑夜消失于孤独的眼睛

光随着珠江流淌
我徜徉其中
黑夜已消失于孤独的眼睛

从六月的渡口出发到十月
航道依然遥远
你于古老的榕树提取绿色
颁给青春一枚勋章

时光向上回溯，信件中的密语
被时间的虫子全部蛀坏
想起闪着光泽的苹果
你用万有引力的眼
看我，如同宣示某种权力

像从前一样
你摸了摸我发烧的额头
我的心又发生了一场火灾

## 秋天是应该回首的季节

你手握着瓶子
将时间倒出又倒入
我喝醉了,一杯酒倾洒在一页纸上
全部的山河,还有故人
沉醉于酒的季节
没有谁能在寂静中唤醒谁
没有哪一种物器
能在你的眼捞出指南针
指向我们
终生相守的地方
如果此刻天涯可以对我松绑
我愿意踏破千里
陪你走过怀念的朗月清风

## 你一晃而过

你或许不在这里了
雨后，这里水汪汪一片
雨季淤积了大量的思念
春天，最得意的是你种下的桃花
但它没有跟我说过一句话
作为一枝不知名的植物
你就此展开
也就此结束
早晨，我确信风
是从你那儿吹过来的
雨水飘飘而落
不再拉起它的帷幕
因此，我的眼睛
流失了许多的日子
想必我的前世
一定有你遗落的时间烟灰
它蒙住了我的眼
再也睁不开
如能打开，你也是一晃而过

## 换一匹马走四季

换一匹马吧,换一匹马走四季
海水驱赶集体的鱼群
有低低的声音从耳朵滑过
泪是热的,落在没有月光的水域

每个人,是一片落叶
一半的时间在空中
一半的时间在泥土里
森林,大地的等待已很久了

真理和圣人历来是谬误的怀疑者
因为虔诚,我们日渐虚弱
在河流拐弯的地方
傲骨堵塞在一起,成为峭壁

天空,一队骑兵提着星星奔跑
消失于夜幕的背后
我手中的灯盏
被汹涌的时间彻底遗忘

## 高贵的囚徒

眼睛浸泡在黑夜里
如两颗红枣
孱弱的呼吸
漂浮在沉默寡言的水面
而无眠
是一只水鸟
昼伏夜出在汪洋大海
时间的手
牵出与我守望的影子
因相互靠得太近
而变得虚无
有人在屋子里哭泣
雪在落记忆的酒馆
思路开阔的树木
寻找下落不明的灯盏
远山如高贵的囚徒
在黑暗中
找到了光明的出口

## 在月光中深埋头颅

因为对物质的过度沉溺
我把日子
过得比玉石破碎
但无论世界多么的乱
在荒无人烟的地方
沿途的月光
总是那么美

风起云涌
说起河流的哀伤
山径开满了向日葵
还有睫毛上的泪珠
我忍不住
要小心轻放
在月光中
深埋自己的头颅

有个词汇
尽管隐藏得很深
但它始终

不敢破壳而出
海风已吹不动意志的岛屿
因此我不动声色
穿过意念的花园
月亮和太阳交替出现

## 月光是沉寂的灵魂

整夜,我们飘浮在青涩的月光上
树木繁华的眼睛
生长着小麦的白芽
它们时刻在偷听我的内心

直到日光倾城,露珠泣别江河
群山环抱草甸歌咏
七月,真正的烈焰
使飞蛾扑火
一只鸟发出忠诚的尖叫
声音如星光闪耀

今夜,我有更多的沉默路过你
每朵玫瑰红得发紫
城市放纵,折腰于一切
鞠躬的脊椎
像一只痴心的高脚杯
盛满华丽的辞藻,对城门横刀夺爱

此刻,月光拥抱你矜持的灵魂
向自由的苍穹隐去

## 以无人知晓的姿势站立与歌唱

黄昏的旗帜
因眼睛的漆黑而鲜明
雨使生锈的钉子焕发青春
酒醉的石头
残留理想的余温

亲吻岁月啃过的骨头
以及伪装坚强的野草
发现风雷不再激荡
隐约的尘世
脱下脆弱的外壳
袒露无所畏惧的心

美好的事物反复出现
虽然灰尘堵塞毛孔
诗意两鬓斑白
黑是难以言喻的冷
呼吸击溃了生命的哀歌
风吹来,连接了往昔与未来

苏醒的意识再次集结
天空装满了海水
它们不堪思想的重负
扑向大地
与细小生命相拥
我以无人知晓的姿势
站立和歌唱

## 繁华与空旷

喜欢水的寂静
在时间深沉

举杯拜谒黑暗
孤独于沼泽地翻身

影子与我重叠
无言与空虚相互哀伤

稻花漂洋过海
眼神欣欣向荣

以生命复制明亮
以沧海溶解顽固的思想

你是肉体的幻象
我是灵魂的奖赏

## 青春的叶脉

从黑色变成白色
词组加速溶解
兵器回荡热血的声音
青春的叶脉
像一道闪电劈向黑暗
纵情的花朵
从凋敝的伤口绽放
北风挥动着鞭子驱赶太阳
发黄的叶子纷纷飘落
为了人类的爱
它们竭尽了全力
手掌上的泪珠
向我投出了闪亮的眼睛
虚弱的月亮
在黎明前绽放出婴儿的微笑

## 沉与浮

在大地的空旷之上
阿波罗摄取了生命的全部

月光沉入语言的海底
星星阅读光明的道路

我从黑眼睛浮出水面
在永无止境地动念开花

最后的月光若隐若现
长途思索的风
只对生命蜻蜓点水

埋名隐姓的真理
如熠熠星光
照亮每粒思想的尘埃

## 再见，或者永远离去

下雨，不管往哪个方向走
都是天罗地网
我静静地守候雨水不觉孤独
记忆完全失重
想象跨过了时间的警戒线
再见，或者永远离去
在生命中不断上演
而且经久不衰
曾几何时，我卷入一场
图书馆和有轨电车的游戏
在梦中，我热烈将你烘托
呼叫你的名字
胆怯的声音由强转弱
很想与你说几句有关天气的话
可话到嘴边
却没有了波澜
退热后，你抒情的眼睛
不再迷迷糊糊地看着我

## 陌生人

有人，在我浅窄的心走来走去
她不知道这是多么的陌生
陌生的气候
陌生的土地，陌生的海水
轻微地呼吸也是陌生的

我不敢泄露自己的秘密
这么狭窄的空间
一双眼睛路过另一双眼睛
凡夫肉体如何才能遇见
清新脱俗的灵魂

宾客挤坐在白云
他们在等待一艘盛大的邮轮
五彩缤纷的热带鱼
逆着泪水
欢快地游遍我的身体
醒来后，祝福的人纷纷散去

原来微笑是陌生的
温馨的月光也是陌生的
幻觉消失，灯芯还在做梦
在众多的圣徒中
我是你心里的陌生人

## 想把名字迁入你的心居住

盆地早已空旷
闪电，击伤了一场电影的雨
躲在草丛的眼睛
为一朵花倾尽所有

白玫瑰端庄优雅
伺机而动的音乐
时刻注视来来往往的行人
蛋糕露出了痛苦的面孔
咖啡，泡出的全是苦涩的心事

在川流不息的人群中
我想寻找一颗心
把自己的名字迁入，好好居住

## 饥渴与空白

滞留在天空的一朵云
渴望时间的巨掌
给它以温暖，降落在沙漠
隐身于声音沙哑的仙人掌

夜风悬浮在戒备森严的睫毛
青鸟栖息在一首诗的枝头
我无以依附
空空的月光
漫过日渐生疏的街道

雨，还是原来的那些雨
空气日新月异
灯光缠绵悱恻
暖了暖我膝盖上
同样孤单寂寞的花朵

## 在光阴的缝隙中

天色果然淡了，淡入了
你恣意纷乱的黑发
使宽阔无边的白天
堕入黑夜的陷阱
你没有说话，把白衬衫
伸入我的眼睛
打出一支梨花带雨的旗帜
你招展了风
招展了一团迟疑不决的火
火焰腾起
你的马，和我的马飞奔
相互捕捉对方的影子
公元 2016 年的一个晌午
万籁俱静
在光阴的缝隙中
我听见一粒粗粝的沙子
滑过泪水的声音

## 请赐予我灯盏也赐予我远方

在遥远，我用烫伤的疼痛
埋葬了一朵花
那时天色渐入佳境
我颤抖的双手
涂满了她眼睛的五光十色
风有些微凉，李花谢尽
一朵花死了
另一朵还没有诞生
水手不再摆渡，头顶上的天空
湖水蓝得安静

在一片叶子上
读来自自己的书信
青涩的爱情败给皱纹
汉水岸边的梧桐
涂上别人的美丽颜料
你把结余的时间全部留给我
用以添加思念和回忆

多少年后，远方不再叫远方
你是知道的
我站立的那个地方叫孤单

## 致你

慌乱的黑发遮天蔽日
把你黑的眼睛隐藏得更深
我的黑眼睛
只在你的黑眼睛里发亮
白裙子、花瓣,荒凉的身体
构成了如春的温暖

指尖上的云慢了下来
小鸟走下我的嘴唇
风,因为柔和的声音而颤抖
我忽而发现
渴望的月光
漫过了时间的堤岸

因此,你的岛屿
一直与我的唇隔海相望
今夜的风再次吹起
羽毛,写满了不可泄漏的词句
黑发的河流
更加清亮
那些被记住的单纯
是落在我心上茫茫的雪

## 时间的牧歌

既是渐次深入
也是渐行渐远
不言而喻,雨是缠绵悱恻的
因为告别来得特别真诚
但凡涉及我的
已被时间的小锤一一击碎

现在,我像一只壁虎
在黑夜的绝壁上攀爬
我不敢露出水面
我要习惯遗忘

等时间在你眼中干涸了
黄昏的地平线,一切将消弭于无形
你一定会看见
那大片多余的荒滩
堆满了的,是我对你的深情

## 南方的天空遥不可及

南方的天空遥不可及
你的手指够不着我的长发
小鸟飞翔
遵从你的呼唤
音乐从诗集流出来
进入似曾相识的背景

我梦见你瘦了
瘦成只剩下骨头的马
头颅在月光下巡视
你在不能等待的地方等你自己
我躲进你的影子
夜寂如雪

北方，冰山没有消融
四周的寂静把我置于死地
一匹马奔来
踢开了广阔肥美的草原
你不是一匹瘦瘦的马
你是马背上的英雄

## 满城的月光是酒香

昨夜,迷迷糊糊地睡着了
梦见自己用一瓶酱香型的酒沐浴
你闻到了我满身的酒气
你说我在喝酒时才像男人
多好的酒啊,我把自己
喝成了一条河流
你说我喝醉后像婴儿
笑容是酱香型的
世界充满了甜蜜的醉意
今夜,我真的醉了
提着一盏煤油灯
像疯子一样到处找到你
而你呢,不知道藏匿在哪里
满城弥漫着我醉人的酒香

## 柠檬花又落了

春天,我突然忘记了
这最深情的一季
你在院子种下柠檬树
如今我闻到柠檬花的味道
在低处的阳光
柠檬花落在你的头发

"柠檬花,有一种看不见的内敛。"
有人虚构你
给像柠檬树的你写信
我只是萌动
但默不作声
像轻烟,我飘过你的青涩

黑夜,我用自己的骨头燃起篝火
围着你的名字跳舞
你在另外的岛屿歌唱
月光烘托你的影子
我的眼一片模糊
陷入了难以突破的重围

起风了，脸庞滑过无情的阳光
如同落尽了叶子的一棵树
我忘记了自己而记住了你
那个躁动的春天
所有的雨水都留给了我
柠檬树旁，我种了一株无花果

## 黄昏的承诺

我没有想过会有这么一场雨
冰冷刺骨地袭来
而雪依然未化
青春的梅花
一朵,又一朵飘落
把我带回一段记忆

阳光停留在花朵的皱纹
风在黄昏后摸黑寻找你的名字
江水又涨起来了
但不是在春季和夏季
你的季节永远捉摸不透
月亮的镰刀把我们割开
分成地球上的两半

如果微蓝是一种忧郁
我愿意为你拆下一块骨头
赠给深夜里的无眠者
除了简朴的语言和多余的热量
从沉默到花开
语言、树枝和羽毛,什么都不留下
在我的眼前,你的美一闪而过

## 南方有暖

花开的声音沉入江底,不见天日
鱼的翅膀和眼睛
一边划桨,一边观察
有人说,天庭因为思想而饱满
有人说,乳房因为知识而浑圆
而你一直保持罕有的沉默

心灵的果子成熟了
悬挂于清亮的天空
南方有暖
生命浸透了海风
不语已是你的习惯
像没有鳞片的鱼
你被一种叫作怀念的泪水漂染

在月亮浮出水面前
星星是彷徨的
心脏犹如小小的密室
被可燃烧的冰
封住了所有的陈年往事
最厚的那本书
被太阳吻过,有哀怨,亦有火焰

我和你，未能品鉴出空气的味道
但不敢停止呼吸
花开的声音沉于江底
江风正以脱胎换骨的方式
进入光的无限
万物在你眼中不可复制
月亮从大地冉冉升起

## 渐行渐远

那时，邮筒是空寂的
叶子黄了，我想吻一双裸足
让它有足够的勇气
为一座高山而来
但我不能有任何的臆想
无足轻重的脸像饱满的麦子
从光芒扑向大地
江河轻盈呼吸
不再留恋迂腐的故土
齿轮转动
封闭的门轰然倒下
欢呼的人群鱼贯而入
告别终于来临，暮色中
一个人和另一个人，渐行渐远

## 除了你，我没有别的心事

雨水带走了你潮湿的音讯
总有一些无关紧要的事物
悬于亚热带的风
除了你，我没有别的心事
在叶子的脉络寻你
季节绿变黄，又黄变绿
风拉直了长发
雪暗暗地埋伏在诗篇
时间腾出孤独的手把酒斟满
等万物横渡长江
只是此刻，我梦如死灰
渡轮向远处鸣响
两岸的树木侧耳倾听
小心翼翼的麻雀
在旷野里茫然四顾
为我的多情和敏感而落泪

## 在火焰上独舞

在火焰上独舞
脚下的空气虚无

爱恨一触即发,倾覆于我
如云的轻飘
语言在眼睛繁盛
缄默尊崇我的无声
你是石榴花吧
我是一粒美丑自知的松子

火焰在肉体燃烧
我在你的腹部饮水
解冻的河流
将生命冲向开阔的大道

在火焰上独舞
我,渴望四分五裂

## 黑夜是如此诚实

### （一）

你，像一朵硕大的云
闯入我的心，默无声息
天黑之后
我用一次过失的闪电
忘情地寻找
青春时遗失的白昼
回忆重返血管，突然勃发的渴望
仿如落日，在七夕燃烧

### （二）

我是个放风筝的少年
目光一直蛰伏于深沉的天空
你羞涩地低着头
像一朵梅
降落在江面
多希望你是海拔最低的一棵树
我一年四季
像一条鱼
吻你在水中的影子

（三）

这些年，语言在灵魂里暗暗发芽
像是一次没有替身的暗恋
在破土而出时
我才知道
时间是一把锋利的手术刀
把我的心
移植到你的胸腔
让一次无疾而终的爱情
竟然活了千年

## 磷火

黑夜包不住小小的磷火
一触即发的思念
引发火山喷发,地裂山崩
熔岩逼近无眠的城市
奔流到我的嘴唇
我靠近欢乐
也靠近死亡
回忆永无止境
所有的不朽都在黑夜完成
如时间的无限馈赠
忠诚在向晚的黄昏中祈祷
冰冷的田野
爱的词汇百花齐放
在荒废已久的热血凋谢
因而我在夜色中莫名慌张
如心海颠簸的小船

## 直到风也有我们的目光
——给洪浩同学

在北纬 31°的那片湖水
我忘却了你未曾解冻的故事
因此，鬓角诞生了一朵奇异的花
你靠在岸边微笑
看我在冰冷的水中挣扎
事实证明，沉到不可名状的湖底
就能活出应有的深度

外面有众多的游泳选手
关于帆的渴望
是否一定要升到星星的位置
色彩鲜艳的旗帜
把你的灵魂，塑形
为乘风破浪的船
我为此误解了你的一生
直到风，也有了我们同样的目光

我拥有两个胚胎
在放弃伪装的表象后
上帝用他的手
在我醒来的身体留下一道折痕
直到落日在夜里欢呼

全部的光

开在夏天热泪盈眶的花蕊

当炭火试探冰的硬度

太阳已榨干了我的青春液汁

梧桐树的浓荫下

长江已睡去

于是，你赢取了

一座高山

而我，在海拔很低的峡谷

解放了自己

## 消失的絮语

依然有种颜色
从一张稀缺的脸
渲染而出
我等待蝴蝶破茧而出
注视内心的一举一动
废弃的驿站，远去的月亮
每一次对你的阅读
是全身心的松弛
赤诚的心，跟着闪电
投宿于你的目光
我的河流不太宽敞
但激流不息
通过泪水感受汪洋
通过睡眠经历无垠的梦
我永远敞开的心扉
等时间的雪水
把神秘乌黑的头发漂白

## 空旷无声

最好的语言在它没有诞生之时
岩层底下的灵魂
还没有演变
穿越冬季的风
在树梢渐成气候
熄灭的灯火
更换某种姿势在眼里摇曳
你用一朵花,迫降另一朵花
我长在确定的热爱
雷声只是路过
不曾是心中的恐惧
那么,一切
将在黑瞳中还原它的本色
终于,你拥有河流的面孔
以澄明对我持续沉默
尘埃饥渴,树叶
以昏迷的形式
进入我有限的身体
引来一呼百应的生机勃勃
星星从绽放的伤口涉水而来
大地如一阵风
过渡到了完整的天空,生命
因为获得语言的恩泽,比火更热烈

## 行走的影子如闪电

车灯照亮了路上厌倦的语言
雪覆盖了前进的路径
路的两旁站立着清醒的树
它们摇摆不定,但方向明确
风弃舍去了翅膀的形式
不断从我的眼
削减情绪的风格
只有慌张的雨水
才在赞美中词不达意
我热爱诗歌
从诗人吐露的文字中
抛弃多余的情欲
但我没有跟随他们的感觉走动
我在等待更艳丽的花朵
从它们寥寥的数笔
体会自己的心情
一些突然降临的独立雨滴
一些自由而任性的灵魂
在我的心涅槃、超度,然后
分离出我的肉体
回归奢华的精神圣地
昆虫寂静,我行走的影子如闪电

## 高原上隐秘的路

一阵风接着一阵风
把他脑海的事物连贯起来
风，从他失重的身体吹过
从断裂的骨头吹过
他没有酒
只有一张残缺不全的地图
风暴选择了第三条道路
另外两条留给了他
笔直与曲折相互交替
时间落入大海
下落不明
除了飞鸟的影子
高原的道路渺无人迹
孤独的头颅
是大地的一部分
没有骆驼也没有干粮
灵魂因为饥饿而焦虑不安
没有真挚的泪水
高原的哭泣是虚拟的
思想死了之后
人类失去信念的语言
梦想奔跑在路上
更深的风

从打开的车门
灌入皈依真理的海水
他跟急躁的风一样，无法平静
驾驶笨重的身体
从飓风中闯过禁区
迎着一座座扑面而来的山峰
他的眼睛找不到倒后镜

# 河流

总有一个出口,是光亮的
坐在时光的河道上,我听见流水的声音
阳光跟不上流水
流水奔腾不息
想起你日出东方
海的游子,忽而有所依恋
我要拜访一条河流
这条河流从天上流下来
它给种子留下希望
从我的未知,到灵魂踏过的台阶
所有的光亮,都属于这条河流
清澈、神秘和坦荡
宇宙在水面上建立它的国
而我在这个国之外
与它的每个窗口交流
在温暖的光影,河的力量在积蓄
作为平庸的暗恋者
我已漂浮到八月
而十月岸的耐心
源自于内心的真诚确信
我因你的存在而更新了一年四季
在你的眼睛深处
我发现了河流的宽阔水面

喜悦与沧桑相互交替
岩石挡道，风整合了浪花和泪花
河流在森林中婉转
寻找生命的出口
它摆脱了山的桎梏，解放了自己
这种与生俱来的独立与自由
如同珍贵的传说
一直在人们的心里流传
最后洋溢而出
由此诞生了更多河流的渴望
永不枯竭的力量
被激越的情怀弹奏
月亮也听到了回声
银河的璀璨，黑暗无法征服
你的眼，照亮了流水
英雄从宇宙的胸膛浮游过来
把对真理的先知先觉
赐予大地的殿堂
你，被雪水的纯净过滤
被细小的雨点颠覆
而海，悄悄地被河流充盈
河水之上，果实灌满了芳香
精神与语言忘我相拥
它们在肥沃或贫瘠的土地生儿育女
月光从思念的孤岛回来
与馥郁的青春促膝交谈
血液忽而变成了长江与黄河
给我复活的酒盏吧

我要边歌边舞，化身为鱼，逐水而居
当生命的精灵从青翠的豆荚
萌芽而出，芦花则盛开白茫茫的温暖

啊，那条梦中长流不息的河
我已经寻找你已久了
如今，你从我陡峭的额角飞溅而出
这是一条名不见经传的河流
阳光总是抓不住它的波涛
没有什么能阻止河的奔腾不息
即使我出走岛屿
日复一日，也无法抵达它的源头